黑

HEI

与

YU

白

BAI

黑小白 著

作家出版社

　　黑小白，原名王振华，甘肃临潭人，中国少数民族作家学会会员，甘肃省作家协会会员，甘南州作家协会副主席。作品见《诗刊》《星星》《诗选刊》《飞天》《延河》等刊物，入选多种选本。出版诗集《黑白之间》。

目 录

第二辑　我们都是土地的孩子

第三辑　因为光充满了力量

第四辑　表针指向春天的凌晨

我们都是土地的孩子

——黑小白诗集《黑与白》序

扎西才让

这是黑小白一首诗的题目，我很喜欢。在为诗集《黑与白》作序时，我便以此为题。"我们都是土地的孩子"，黑小白说得没错。我们一生的悲喜和沉浮，都在土地上，无论是否从事农耕或者牧业，我们从未真正离开过脚下的土地。正如黑小白《射线》中所说，"无论走多远，我都会带着自己的影子／和内心的不安／聚拢在村头的麦垛上／接受从未离开的阳光和星空"。

甘南是一片神奇的热土，风景优美，历史悠久，出现了一些优秀的作家和诗人，黑小白便是其中的一个。我认识他始于州文联组织的一次采风活动。那时他刚刚开始文学创作，热情高涨，对写作保持着极为真诚的态度和持之以恒的毅力。他几乎每天写作，主要以诗歌创作为主，同时也写了一部分文本质量较高的散文和散文诗。在环境的熏陶和自身的努力下，短短的五年时间，他便成为我省成绩显著的文学新秀之一。

这样勤奋的写作，如果说，仅仅是因为喜欢文学，可能还不准确。黑小白笔耕不辍的写作状态体现了他扎根泥土、情系农村的朴素情怀。在《文艺报》刊登的一篇访谈文章《新时代山乡巨变中的文学书写——临潭基层作家六人谈》中，黑小白写道："作为一名基层文学写作者，我一直在努力用自己的文字去呈现和挖掘山乡巨变中的人和事，这是一个让我感到充实而幸福的过程。这么多年，我都在和农村打交道，我熟悉这片古老的土地，熟悉老百姓的生活和愿望，他们的勤劳、善良、热情和坚韧，是我创作的动力和源泉。"

黑小白所在的临潭县，是半农半牧区。中专毕业后，他在乡下工作了十二年。调县上工作期间，曾担任过三年的驻村帮扶工作队队长，参与一线脱贫攻坚和乡村振兴工作。所以黑小白对农村极为熟悉，对农民始终亲切有加，他常说"我就是庄稼汉的儿子"，这与他诗中所写的"我们都是土地的孩子"如出一辙。

无论《黑白之间》，还是《黑与白》，两本诗集都生动体现了黑小白的这种情感，也能清晰地看出黑小白渐趋成熟的创作历程。他的诗更加朴实，更加含蓄，直抒胸臆的作品少了，更多的是，以真实而平静的叙事来代替个人强烈的主观情绪。这对于一个只从事了几年诗歌创作的新人来说，非常可贵，也非常难得。

"一片被阳光宠爱的土地／是我反复写下的家乡"，黑小白在诗歌中，用大量的笔墨表达了他对土地深沉的热爱和依恋，"我们都是土地的孩子／无论离开还是靠近／我们都会像父母亲一样／深爱着土地，和土地上的庄稼／"。这几句出自他的代表作《我们都是土地的孩子》一诗。在这首诗中，黑小白并没有简单停留在对童年的回忆上，他写出了三代人和土地以及庄稼的远近，父母在坚守，我已经离开，孩子还年幼，这是城乡发展中出现的客观现象。但黑小白坚信"这些年，露水茫茫／我们挂着微弱的光走过山野"（《白露》），他明白土地对于自己的意义，即使"很多年后，我双手捧起土豆／它们身上已经淡去了我的痕迹"，但"父母亲并未责怪于此／而是以更加深沉的坚守，祈求泥土／宽恕一个农民的孩子远离土地的无奈"（《宽恕》）。也就是说，黑小白在反思自己的同时，更加沉淀了他对土地的情感，他用诗歌实现了对土地的另一种守护。

在黑小白的诗中，土地养育了我们和万物。《黑与白》不只是对土地的讴歌，更是对亲情的诠释和谱写。比如《地标》这首入选中国诗歌网"每日好诗"，并发表在《诗刊》2022年第10期的短诗，"母亲站在中山桥上／她并不知道这座铁桥是兰州的地标／也不知道黄河的名字／／她仅仅说了句——／只有这样大的河，才能有这样大的桥／／每次再见中山桥／我就会想起，一字不识的母亲／初遇黄河时的平静／／仿佛在山林中，看到小溪和木桥／而她，要去河的那边／收割一片金黄"。亲情，是诗歌最主要的题材之一。黑小白的这首诗，并没有直接写母亲的劳作和艰辛，他通过母亲站在兰州中山桥上这样一件小事，写出了母亲对家乡的眷恋，一个整日劳累、操心家里的母亲形象跃然纸上，诗虽短小，却清晰体现了他和母亲之间的情感交流。

在另一首《落》中，黑小白用同样不动声色的笔调，表达了对父亲的爱，"父亲理发的时候／白发落在他的肩上／他的周围／／那么多的雪／白得让我放不下／一颗悬起的心"。黑小白还有些悼亡诗，这是他诗歌创作的一个重要内容，"前几天去看你，草有一拃高了／再过些日子，青草和地里的庄稼一样高／我就看不到你了／但我能看见，草丛中／刚好容下一个人脚步的小路／从门口，一直通向你／／每年有很多路被改建成柏油大道／也有很多路重新成为山川的一部分／但我从来不担心，你身边的那条小路／被青草遮掩，泥土阻塞／抑或被岁月湮灭／每一条走向亲人的路／在人间都得以周全"（《只有一条路不会湮灭》）。在黑小白笔下，亲人的离去是归于土地，"人间辽阔，但无论活着还是离去／我们终究只需要一隅之地／来安放身体和灵魂"（《人间》）。每个人，无论生前如何，都将成为泥土的一部分，而这，在悲伤之余，让人安心，"而现在，让你焦虑的刺杆围绕着你／你没有伸手清理生命之外的荆棘／它们的芒刺和紫色的花瓣／不再是无意义的存在／你覆盖青草的坟头看上去和山川一样温暖"（《刺杆花》）。

　　父母是黑小白诗歌中出现最多的人物，但黑小白还用"他"和"她"的第三人称，去关注家人之外的人物，比如亲戚、朋友、邻居、熟人和陌生人。比如《隐秘时刻》这首诗，"邻居家的老人去世后／她的老伴儿就拄上了拐杖／／我听过他在众人中歇斯底里的痛哭／像个无所顾忌的孩子／这让我担心另一个失去老伴儿的老人／他是我的亲人，我熟悉他的样子、声音／和他这一生的硬气／／我多么希望，他能像邻居老人一样／把悲伤呈现给我们／但他，一个人烧炕，做饭／收拾盆栽和院子里的蔬菜／重复老伴儿生前每天的生活／／直到有一天，我听见／他在茂密的李子树下长长叹了口气／那一刻，我熟悉的他／终于像一个失去老伴儿的老人／露出了隐藏很久的伤痛"。人到老年，最大的悲伤莫过于失去老伴儿。生老病死，是自然规律，每个人都要面对，但其间的触动并不一样。黑小白用对比的手法，写两位老人的悲痛，表现了他对老人这个群体的真切关注。《街口》是另一首写老人的诗歌，但与《隐秘时刻》不同的是，这首诗中的场景，"她们安静地坐在小板凳上／背后的墙挡住了阳光／面前摆着自家种的蔬菜／洗得干干净净，扎成小捆"，读者更熟悉，更能引起共鸣。

　　可以看出，黑小白对人和自然的关系有着深入的思考。他所表达的种种情感，都来自于对自然的敬畏和热爱。在《与一朵花对视》中，他写道，"这一刻，我觉得我理解的卑微过于浮浅／小花即使被践踏，被忽视，依旧努力开放／而我必须要俯下身子，静下心来／才能对得起它们不声张，不喧嚣的骄傲"，正是这样的认识，黑小白笔下的一草一木，才不是单纯的文字描绘，他把人与自然和谐共生的美好愿望寄托在山川草木上，"每一株花草都是一个我。它们／发芽，生叶，开花／它们的一生充满忐忑和欣喜"（《内在的秩序》）。为此，他"渐渐活成了父亲的模样／翻整土地，种菜，养花／收看天气预报，关注每一个节气／担心风雨中的庄稼和花草／对每一片掉落的叶子和花瓣，充满悲伤"（《人到中年》）。

作为一名写作者，黑小白并没有只抒写自己的生活，相反地，他从未停止过对时代的观察和思考，他笔下的乡土和亲情，是在城乡发展的大背景下不断发展和升华的，广阔的视野决定了他的表述具有相对的普遍性，真实反映农业、农村和农民的深刻变化，展示了山乡巨变的新面貌。同时，他还创作了大量抗击疫情、脱贫攻坚、乡村振兴、生态保护等题材的文学作品。《黑与白》收录了黑小白围绕重大题材创作的部分诗歌，《跪》是其中的一首，"当你跪下来／和那个年幼的孩子一样高时／你不再是一个做核酸检测的医生／你是我想到的一棵挺拔的树，一座巍峨的山／或者，一个让我仰望的词语——崇高／／但你也是平凡的／像和你一样忙碌的同事／像千万个挺在我们前面的医生、护士／像那么多说不上名字，却温暖了这个冬天的人们／／你身上雪一样的洁白／让我相信，你拥有天空的高度／却可以低到一个孩子的身高"。在疫情防控期间，有多少人奋不顾身，冲在一线。黑小白截取了核酸检测的画面，这是人们都重复经历过的一件事，但越是习以为常，越值得铭记和感恩。当医生跪在孩子前做核酸检测，他的付出已经超越了职业素养，这是手执明灯、胸有大爱的所有逆行者的共同写照。黑小白重大题材的诗歌创作，沿用了他一贯的细节刻画，用一个个看似平常却极具感染力的瞬间和亮点，表达共性的情感。

通观《黑与白》，黑小白是一位真诚的诗人，他的语言就像泥土一样朴实，他勤奋而刻苦的写作是值得肯定的。在甘南，他也许不是写得最好的诗人，但一定是写得最勤奋的诗人。短短五年，他创作了一千二百多首诗歌，还有数十万字的散文和散文诗。虽然这其中有不成熟的作品，但从整体上看，黑小白的诗歌创作，已渐渐形成了具有较高辨识度的创作风格。他在重要刊物上发表作品的数量和质量，逐年稳步提升，而且还获得了一些重大赛事的奖项。

在准备给这篇序结尾时，看到《诗刊》2023年第18期"双子星座"栏目刊发了黑小白的组诗《白月光》和创作谈《铭记所有的深情》，我非常高兴。无论是诗集《黑与白》的出版，还是组诗在《诗刊》"双子星座"的发表，对黑小白来说，都是新的开始。

我相信，在文学创作这条道路上，黑小白会走得更快、更远。

作者简介：扎西才让，藏族，生于20世纪70年代，文学创作一级。中国作协会员，中国诗歌学会常务理事，甘肃省作协理事，第十五届甘南州政协委员。主要作品有诗集《桑多镇》《甘南志》《当爱情化为星辰》《甘南一带的青稞熟了》，散文集《诗边札记：在甘南》，小说集《桑多镇故事集》《山神永在》等。作品多次被《新华文摘》《小说选刊》《微型小说月报》《小小说选刊》《中华文学选刊》《散文选刊》《诗收获》《诗选刊》转载。曾获全国少数民族文学创作骏马奖、甘肃省敦煌文艺奖、甘肃省黄河文学奖、三毛散文奖、海子诗歌奖、鲁藜诗歌奖、梁斌小说奖、《飞天》十年文学奖、《红豆》年度作品奖、《文学港》年度作品奖等多种文学奖项。

第一辑　每颗星星都自带光芒

这小小的叶子，它所呈现的生机

和我怀念的草原，一样辽阔无边

辽阔的事物

深秋的甘南，庄稼都已收割完毕
雪安心地落下来
曾经开满格桑花的草原
比当初还要辽阔

但这雪，总会化掉一些
裸露出枯黄的青草和秸秆
唤醒我们在秋天的记忆
而另一场雪，还未来得及落下

在清扫院子时，我看见
花草遗落的种子，长出了嫩绿的新叶
这小小的叶子，它所呈现的生机
和我怀念的草原，一样辽阔无边

落　日

我很少专注地看日出
那瞬间的光芒万丈，让我无地自容
更多的时候，我看着落日
一点点地被夜色扯到青山背后
像身不由己的我们，被时光牵引着
逐渐失去光泽，消失在黑暗中

每次，目睹落日的离去
我都会在深夜里盼望一场白雪或大雨
想让心底的悲伤隐藏得更加深沉
抑或濯洗得更加清晰
这样的我，仿佛才能继续生活
像落日积攒了勇气，重新普照万物

弱 小

暖廊里，房间里
总有些小虫子爬来爬去
甚至会爬到炕上来
我小心翼翼地把它们抓在纸上
放到宽畅的院子里
那里有几棵果树，一大块平地
也许更适合它们活动

我没有塞住墙角处的裂缝
也没想过用杀虫剂
这小小的虫子，那么单薄
却又精神抖擞
仿佛我们，蝼蚁般活着
却生生不息，热爱着广袤的尘世

对于弱小的生命
哪怕是轻而易举的拍打
抑或抓捏
都是灭顶之灾
就像我们，抵不过大自然的一个巴掌

雾

我闯进一场大雾
不知道要去哪里
这混沌的尘世
没有边际
山川都被隐去

无路而去
包括那一缕横冲直撞的风
我们都在等待
等万物
像我爱过的那样清晰

虫子的秘密

看见一只褐黑相间的虫子
有一对触角，六条腿，一条尾巴
看似爬着走
轻轻碰一下，跳远了
看了很久
我确定从未见过这样的虫子

在它旁边，又见到
一只蚂蚱，一只七星瓢虫和一群蚂蚁
那个午后，我把那片山坡上所有的
花草、树木和虫子
看了一遍又一遍
仿佛要发现那些深藏了许久的秘密

比如这只我从未见过的虫子
比如我永远都有可能
见不到的一样动物，植物
抑或一个建筑，一粒尘埃，一束光
无论我在与不在，知道与否
它们互为近邻，彼此友善

每颗星星都自带光芒

他又一次跌进陌生而熟悉的黑夜
像过去的每一个夜晚
拉开明亮的灯
仿佛点燃了荒野里的篝火

虫子在房间的地上爬行
这些叫不上名字的小生命，无数次让他感到亲切
像院子里的樱桃、杏子和李子树
每年开花，结果，凋落
默默陪伴着他，从未失约

今夜，月色很薄，很亮
他仔细看了很久
辽远的夜空多么像黑夜里的大海
千万颗星星漂浮在海面上
每颗星星看上去和他一样孤独
却自带光芒，温暖了他的目光

白 露

白昼的阳光和喧嚣渐渐远去
寒气逼近门窗
院子里的花草都已睡去
这样寂静的时刻
我想知道，那些弯下身子的麦穗
是否正在和田野告别
就像我遗忘轻风和暖阳
开始想象冬天的模样

今夜，一定有秋露在某个山坡聚集
像云朵占据天空的边沿
这深夜的薄凉，轻裹着时光
和草木最后的念想
像一颗颗琥珀，迎着晨曦
在牛羊的蹄声里滚动
风从远方带来消息，更多的露水
将成为雪花，抚慰万物凋零的山野

较　量

天气预报说，明天雨夹雪
第二天夜里，来的依旧是雨
尽管很大，也下了很久
但看不到雪

风已经很冷了。吹过波斯菊时
能看到花瓣的战栗
再加上雨，这些花还能熬过多少日子
在雨和雪的博弈中
只是委屈了还在努力绽放的花朵
我只需要添衣，生火

每一场较量悄无声息，却波及万物
比如白昼和黑夜，风霜和雪雨
房间炉火的温度挡得住渐深的寒意
却抵不了越来越长的夜色
众多的悲与喜交织在一起
纠缠不清
我是弱小的孤独者，只温暖了自己

蜜　蜂

走过那面山坡时
还有些许野菊花绽放着
看不到蜜蜂的身影
它们去了哪里

这些野菊花过些日子也要凋落
空旷的田野像一个人的孤独
我仿佛听到嗡嗡的翅膀声
扑打在记忆里的花瓣上

这个冬天，我已忘却了很多
——除了勤劳的蜜蜂
它们馈赠的香甜，还在唇间
像我爱过的人，必定会留下点什么

街　口

她们安静地坐在小板凳上
背后的墙挡住了阳光
面前摆着自家种的蔬菜
洗得干干净净，扎成小捆

车来人往
买菜的人蹲下来
她们才有了低低的声音
夸赞着自己的蔬菜

每次路过她们，我都会看很久
那些干净的蔬菜
让我觉得劳动是美好的一个词语
而安静的她们
让那个街口充满了生活的气息

褪色的乡村

农夫割去土豆黑绿的叶子
最后的田野只余下枯黄的青草
野菊花独自撑开整片山坡
失去声音的蚂蚱
跳过兀自挺拔的芨芨草
黑褐色的身体像这荒凉的秋天

我深爱着的乡村
暮色里的炊烟安慰了它的落寞
和云朵一样灰白的
是成群归来的鸽子
而万物终将落入深夜的黑
灯火是落在人间的星星
让大地再次换上金色的盛装

一群过路的牛羊

我看到的这群牛羊是不是昨天的
抑或前天的那一群
它们正从远处的山坡上归来
它们每天要走很长的路
去我未曾去过的地方

偶尔会碰到它们散漫地经过
所有的车停下来
众人的目光落在它们身上
有喇叭声试图惊扰它们
还是徒然无功

这条充满了奔波的路
在牛羊眼里，像一条平静的河
它们不慌不忙，蹚水而过
那些急驰而去的车
倒像是草原上的不速之客

田野收留了一匹马

我意外于一匹马的出现
眼前的这面山坡上，时常会看到吃草的牛羊
村庄里见得最多的牲畜也是牛羊
几乎没有马了
就像很少看到梿枷，碌碡，镰刀

这匹马慢慢行走在深秋的山坡上
在枯草连天的背景下
它孤独的身影，悲怆而慷慨
它从时光深处走来
但我不知道它要到哪里去

下山时，我回头看了它很久
却还是将它遗弃在了那里
辽阔的山野，收留了枯草，黄叶
也收留了麦茬，秸秆，散落的谷粒
和一匹意外出现的马

美仁草原

多次路过美仁草原
多次被这里的风吹走奔波的困乏
于是在八月的一个下午
坐在山坡上
任凭有些凉意的风吹起衣衫
吹起我们之间的长谈

这是美仁草原上最暖的风了
更多的时候，它冷到让我心生绝望
仿佛这广袤而苍凉的草原
把所有不甘和艰辛聚拢在一起
原本挺拔的青草蜷缩成连绵不断的草甸
在最冷的高原长成大海的模样

我们在急剧变幻的云朵下
谈诗，谈活着的疼痛和隐忍
牛羊在更远的地方吃草
它们不懂我们的谈话，我们却一次次写到
它们的从容和对生命的热爱

我们就要离开了
傍晚的风，有些冷了
还留在美仁草原上的牛羊
也该回去了
那个放牧的人，正在风中歌唱

夜过洮河

在暮色里动身
和洮河向着一样的方向奔去
云朵低沉，正要掩去最后的一丝光
风从河水上吹向远处的山坡
从车窗看到的天空
午后曾有过短短的雨夹雪
今夜，或许有大雪
覆盖我匆匆路过的森林、田野和群山

我们说起生活和遥远的未来
耳边响起曾经喜欢的歌
时光在身边一晃而过
谁落在了记忆里，谁又奢望着明天

夜色渐深，洮河并没有放慢脚步
但再也无法清晰地看着它流过每寸土地
像我们一路奔波，终究没有留下痕迹
最后的我们，在灯火里选择了沉默

专 注

欣儿蹲在地上看虫子
我和父母莳弄刚刚出土的花苗
刚要走过去
欣儿示意不要说话

每年春天，父母种下很多花草
他们时常蹲在地上
仔细察看出苗的情况
就像欣儿观察一只爬来爬去的虫子

我们放下身子，尊重每一个生命
万物将最好的样子慷慨相赠
所有的认真和努力，都会开花，结果
没有一片叶，一朵花
会辜负人间生生不息的热爱

心上秋

今天，收集波斯菊的种子
它有着漫长的花期
一边开放，一边凋落
秋天有多久，它就会开多久

这些倔强的花朵让我相信
即使心上落满了秋天的悲凉
紫色的花瓣里，还深藏着
未曾远去的盛夏

更久远一点
那个已经消失了的院子里
也开着同样的花。旁边是高高的麦垛
和父母亲打碾好的粮食

这样的场景想来总是温暖的
如今只有波斯菊站立在记忆里
像麦垛一样，成为我仰望的秋天

突　围

早上得知，合作下雪了
这是今年甘南高原的第一场雪
但秋天还在我的小院里徘徊
波斯菊依旧开放着紫色的花朵
刚刚过去的几场寒霜
并没有让它失去走过秋天的勇气

忽然想起，前几日去野外
青草已经枯黄了，地里是错乱的麦茬和秸秆
蚂蚱的叫声忽远忽近
像牧人的歌声，在秋风中穿行
九月，有那么多的告别
这小小的昆虫，还在固守着最后的田野

而我在深夜，充满忐忑
怕一场雨，一场霜，或一场雪悄然而至
风越来越冷，夜越来越长
我不知道，波斯菊和蚂蚱
还有更多的花草、树木、鸟虫

将如何度过这个已经下雪了的秋天
但这么多年，我们都在努力
想在艰难的时光里寻找到最好的自己

落满白雪和鸟鸣的亭子

不是所有的雪都落到了地上
挺拔的树冠，翘起的屋檐
接住了奔在前面的雪

天空那么辽阔，另外一些雪花
依旧想要急切地落在人间
她们的前身，应当是浸润过草木的雨滴

昨夜的雪并不大
但足以让群山白头
我数着石阶上的雪，顺着陡峭的山坡攀行
在木质栈道的引导下，遇见歇在大山肩膀上的亭子

刚刚经过的松林中
云雀的身影，是另一道划破早晨的风
雪地上凌乱的脚印
让我确信，我不是第一个和它们擦肩而过的人
也不是最后带走鸟鸣的人

这座归隐山林的亭子

何其有幸——

听到过雪落在羽毛上的声音

熟悉的风声

他去了南山
年轻时步行一天的路，车只走了两个小时

坐在山坡上，他想起当年
倒地的木头从眼前这条山沟
一直滑到山脚下

傍晚，他和同伴燃起篝火
风在耳边诉说一个人从进林的那刻起
淋在雨中的衣服，扎在手指上的荆棘
和丛林中回荡的呐喊声

说到这些时，他微眯着眼睛
风就在我们中间
只是，再也看不到夜色里跳动的火焰

傍晚我们就返回了
留下了风，在森林里转来转去
像很久以前的他
在山坡和丛林之间奔走

慢下来的时光

攀行到半山腰，一片林子挡住了我们
隐约可见的小道通向山顶
我们在草地上坐下来
像两只落定的鸟雀，收拢疲惫
眼前山峦起伏，村庄散落在群山中

年少时的他，用几天几夜的时间
抵达一个村庄，装上生活必需的柴米油盐
奔向另一个村庄
用吱吱作响的木车，辗开明亮的月色

山路一条连着一条
途经的村庄，林子，河流
从熟悉渐渐陌生，又在陌生中渐渐熟悉
一头牛的喘息，劈开夜的漆黑
把寂静踏进每个蹄窝

他打开的回忆，让习惯了匆忙的我看到
时光可以很慢

慢到让一个人在很多年以后

依然选择相信——

擦拭过苦难的月色，比绚丽的灯火要温暖许多

射 线

手电筒射出的光，先于我
抵达熟悉的村庄——
九月里刚刚收获的粮食，在山路上溢满芳香

光的孩子离开源头，都会义无反顾地成为
一条不可逆转的射线
先前离开村庄的人们，出走后
也鲜有回来

坐在山岗上，看着熟悉的村庄
我无法用数学概念来界定生活。但我知道
我在用一生画一个圆
试图把自己折成会折返的光

无论走多远，我都会带着自己的影子
和内心的不安
聚拢在村头的麦垛上
接受从未离开的阳光和星空

悲　悯

一只麻雀的幼鸟
浑身沾满泥土，在李子树下瑟瑟发抖

这只鸟幸运地躲过了邻居家的胖猫
却被昨夜的大雨困在了院中

他轻轻清洗它的羽毛
喂它东西，看着它一点点恢复
像一片叶子慢慢舒展开来

雪地里，他曾支起筛子，撒一把谷粒
捕捉贪吃的麻雀
那时他忘记了鸟儿属于天空和山林

今天他还给困境中的麻雀
一片天空——
想让它早点回到母亲的身旁
练习飞翔，练习如何躲过狂风暴雨

麻雀飞走时，一场年幼的雪

从他眼前晃过

麦场上嬉闹的孩子，放下了筛子和谷粒

一粒沙的沉默

光用时间之手
在我的身上画连绵起伏的海水
赋予骨骼漆黑的凝重和神秘

沙滩褪去金黄的阳光
以银白的波浪裹身
再没有别的颜色，可以柔软我的性格

黑与白，相互对立
又浑然一体
——我的身躯，蕴含大海

面对浩瀚的水，遥远的光
和无处不在的空气
一粒沙站在原地，保持沉默

失　控

路过河堤旁那块狭窄的耕地
前几天还未熟透的小麦
已经枯黄不堪
等不到下镰，很多麦粒要掉落了

庄稼的主人应该来过吧
他以为不会错过最佳的收割时机
但还是错过了

九月，不能掌控的不只是一块麦地
从山上飞奔而来的风
提醒我们关注每一片叶子的变化

而我们总是不得不面对万物的憔悴
默默按下悲伤的语言，用一个冬天来等待
丛林中飞出的鸟鸣

落日和木楼

站在二层木楼上
看到西山的黄昏深藏于草木之中
梦幻般靠近我

暮霭怀抱村庄，澄澈而安静
俯瞰中的街道，自行车陆续穿过人群
铃声清脆

我开始忘却自己攀登过的名楼
和抵达过的高度
将落日和木楼安放在眼泪的顶端

——虚掩的云霞
如已然度过半生的我
影子般沉默

在一株蒲公英上看见春天

我买来波斯菊、竹节梅、向日葵和大丽花
——父母偏爱这些花

而我更喜欢
和他们一起松动土地，施肥，浇水
把每一颗种子托付给姗姗来迟的春天

杏花、樱桃花、李子花还没有开
父母每天细心打量它们
仿佛多看一眼，花朵就会早开一天

而地砖缝隙中悄然冒出的一株蒲公英
像四月里绽放的第一朵阳光
给接下来的日子镶嵌上金黄的边框

内在的秩序

盆栽接连绽放
每一朵花是养花人独自打开的风景
与季节无关

韭菜、葱、蜀葵，以及荷包牡丹
小心翼翼试探风的温度
顺着雨后的晴天，伸出触摸春天的触角

而稍远处的小草，没有任何依靠
星星点点。尚不足以掩饰陈旧的枯黄
却呈现出山野内在的秩序

每一株花草都是一个我。它们
发芽，生叶，开花
它们的一生充满忐忑和欣喜

——无论身处何地，是否被爱，被关注

盼

看着正在步入暮年的麦子
我怕连日阴雨凉透它们的衣衫
我比任何时候都渴望
阳光熨帖它们的沧桑

只是，镰刀大步走过
留下凌乱的麦茬。我不由想起
它们也曾是骄傲的草木
有白杨般挺拔的身子

我想，还是下一场雨吧
替余下的麦子拭去这些天的尘埃
仿佛数月之前，春雨濯去泥土
在它们身上写下一生要走的路

椅　子

屋檐下的八仙椅一脸落寞
它的主人老了，大多数时间待在炕上
偶尔会在晴天出来晒晒太阳

其实，它的年龄比他还大
但除了他，没有人知道
它从哪里来，又是什么时候来的

一想到，也许用不了多久
它将会失去在这个世上的最后一个亲人
它忽然想起，曾经的自己身居山野
从来没有感到过孤独
而走出深山后，它却最终成为
一把孤独终老的椅子

秋

今日立冬，秋天已成故人。

只是，早在九月
雪就来过，和深夜的咳嗽
一起扯痛秋天的胸口

风是大地低沉的回音
枯草要成为明年的春天，还要等很久的时间

前些天，镰刀削去麦芒的明亮时
冬天已隐隐可见

在我的高原，秋天是短暂的喜悦
昨天还青翠的叶子化身蝴蝶
只需要一场清霜或者冰雹

但所有的果实得以全身而退
善良的人们，为了一颗麦粒拼尽全力
一次次往返于溪流、山坡和田地之间

秋天把旷野交给雪

雪把秋天藏在落叶里。土地是宽容的

让每个季节得到最好的归宿

我的家乡在高原

我偏爱这里一尘不染的云朵
它让天空蓝到大海的模样

同样洁白的雪
让我遇见群山柔软的目光

我不害怕冬天的漫长
最冷的夜才能拥有最暖的炉火

等到最短暂的春天，把种子撒进泥土
在十月，堆起高高的麦垛

一片被阳光宠爱的土地
是我反复写下的家乡

宴　会

旷野。只有裸露的枯草，麦茬和败叶
再无他物

上一场雪已经来过很多天了
没有留下些许痕迹

一只鸟正在河边啄食
它吃到了什么？我不得而知

记得九月里曾有盛大的宴会，麻雀成群赶来
到处是遗落的谷粒和种子
稻草人把影子从白昼移到黑夜

而此刻，独自觅食的麻雀
无人惊扰。它依旧迅速抬头，低头
让远远看着的我，有些不知所措

在风雪中抵达安宁

风开始凉透草木衣衫的时候
麻雀告别旷野，跟随云朵去了密林
那里还有常青的松柏
可以继续安放清亮的啼鸣

山里的雪，也会下得格外大
湮没小径和枯草
离群的鹿，迷茫于熟悉的深谷
像九月的雉鸡，在灌木丛中失去方向

我们都是风雪里的遁世者
驻足，回首，只为重新认识自己
我们总会寻觅到一条通往山顶的路
抵达内心想要的安宁

冬　至

很久没有下雪了
风却一天比一天冷
枯草裹紧衣衫

应该去山野走走
看一看，河水结下的冰
是不是和去年一样厚

这样想着，似乎有窗花
正在暮色里寻找最亮的玻璃
而炉火也跳动得分外清晰

冬天早就来了
但对于一个节气的到来
我依旧充满忐忑

夜就要渐渐长起来
再寒冷的白昼也有聒噪的声音
雪选择了山顶
它需要云朵一般的安静

遥知不是雪

立冬之后，未落过一场雪
月色代替了雪
渐渐厚起来，又一点一点薄下去

中午的阳光分外暖和
让夜风有些怯弱，不忍再添更深的寒意
但确已是最冷的三九天

枯叶、麦茬和泥土浑然天成
山野趋于单色。万物寂然
在田埂上缓缓走来
在无边的空旷中寻找一条近道

想让雪沿着山谷、河水、平川和村道
奔涌而来，如九月的蒲公英
在劲风的翅膀上，成为一片片云朵

在反复练习的飞翔中
雪成为提前绽放的花朵，在每个孤单的枝头
再次引来云雀欢欣的啼鸣

旅　途

一簇毛茸茸的蒲公英
被风逼到角落

在秋天出发的它们
又回到了原点
——是翅膀没有足够的力量翻越山坡
还是眼睛只看到了故乡

它们拼力飞翔过。但现在
只能蜷缩在一起

我担心它们，能否成为幸运的种子
并不是所有的奔波都具有旅行的意义
有时候我们没有抵达远方
却已耗尽一生的光

我期盼着雪濯去它们身上的浮尘
让它们拥有重新漂泊的勇气
无论落在哪里，都可以将暗藏的花朵
涂抹上金色的阳光

一枚红叶悬在枝头

秋天有多孤单，我不知道

这个十月，我去过的地方屈指可数
岸边的麦田，斑鸠出没的灌木林
开满山花的草地
和巷子附近的一棵李子树

它暗绿的叶子在经历苦霜后渐渐变红
又摇摇晃晃落在墙角
风还在吹
想把所有的叶子还给泥土

一枚红叶悬在枝头
像最后一只不肯归隐山林的云雀
忘记了高声啼鸣
只是尽力眺望远方

它的目光里，一定有我看不到的空旷
那是秋天悲伤的心脏

在春天里陷落

沉寂了数月的河水
最早得知天气变暖的消息
在小草还未绿遍山坡前开始解冻
给春天准备柔软的心肠

但这并不是轻而易举的事
夜里的风，依旧可以凝结雪水
而白昼的阳光再次消融昨夜的冰雪
如此反反复复

直到，冰凌完全陷落在春天里
以眼泪滑落脸颊的速度
回到河流中去。而心里结着冰的人
还没有走出冬天

所有枝条已准备好了花朵

雪见着阳光，流下眼泪
浸润倔强了一个冬天的泥土

我开始理解了这场雪
它选择在立春之后飘落
是想濯洗沧桑的天空，风，道路
和贫寒的枝条

让每朵花在来的路上
不染阴沉的灰，不沾迷眼的尘

像一只只即将浮出冰面的鱼
在某个雨雪交加的夜晚
交出体内最后的寒，和醒来的虫子
一起叩响春天的门扉

春天来了

有的春天，像老人
心里装满了花朵
却不能大步走到时间的前面

我必须有足够的耐心
等——

风吹开他的衣襟
流水洗去他的疲惫

最后一场雪落完
他把所有的白发交给河岸

它们停落在碎小的珍珠梅上
像不再悲伤的云朵
眼睛里泛涌着星星的光芒

返　青

渴望春天。我像冰雪一样敏感
当些许暖风拂过面颊就会流下眼泪

只是冬天过于漫长
枯草苍凉的身影比山林更让我难过
那里还有不曾落叶的树木
芨芨草拼尽一生的力气，独自挺立在山坡上

即使这样，它仍不能
第一个看到春天。最早的嫩芽
来自于岸边
被河水唤醒的叶子，仿佛大梦初醒的人
恍惚中已走出雪地

——然后，更多的青绿
像潮水涌过山川，风落在后面

喑哑在呼啸里假寐

杏树在摇晃
但没有一片叶子可以开口说话
去年满地的秋叶
现在只剩下些许破碎的残片
大多数已被风带去遥远的地方

明知，春天和冬天只隔着一场雪
我还是忍不住猜想
它们在进退中让出巨大的空间
只容风来去自如

我无法判断，云朵会如何抉择
——成为雪，还是雨

虫子比我聪明
在没有听到流水声之前，它继续冬眠
但耳朵已比往日灵敏
能准确察觉冰凌掉落的方向

而我，像笨拙的孩子

在喑哑的枝头反复寻找春天的新芽

瞭 望

站在山岗上
瞭望大雪覆盖的美仁草原
原来枯黄的草团
像一簇簇起伏的绿藻，漂向对岸

远处，牛羊隐约可见
它们从未放弃过这片辽阔
无论生机盎然还是满目苍凉

而我，更多的是
选择盛夏，与最好的草原相见
赞美它牧人一样的洒脱

当我看过了它在冬天的流动
才明白，这里的青草
从起初就知道，自己要在
不休不止的寒风中默默度过一生

所以，才会把每一场大雪
当作可以泅渡的海洋

相信凌晨的雪

一次次，与绝望的空旷相见
为昨夜未曾落雪而焦虑

习惯了在厚厚的积雪上看到耀眼的光芒
看到贫寒的树枝变得富裕
冰封的河水成为时间的暗流

一年之中最冷的日子应该属于雪花
就像最轻的风必然会唤醒河畔的珍珠梅
总有些遇见，不会辜负期盼

在炉火旺盛的凌晨
依旧相信，大雪是一匹扬鬃奋蹄的白骏马
正驮着春天，从草原深处飞奔而来

落 息

清晨走出圈舍的牛羊
和太阳一起
走完整片草原

它们比我更熟悉
朝霞和晚霞的区别。而我
只是简单地眺望天空
并不知道，从白天漂泊到黑夜的云朵
和鹰隼有过怎样的交集
抑或，它们在长风中
如何尽力保持自己的完整

但我，腾出了黄昏
迎接一群牛羊的归来
在它们的身上，我看到疲惫的阳光
和父亲收割的一捆青草

湿　地

青草和浅水成为陷阱
误入其间的牛羊，抑或牧人
用最大的气力
搏取重新走出来的机会

大风刚止
云层中隐约可见的阳光在提示
接下来的天气仍旧阴晴不定
我们需要时间
清理脚上的淤泥
和辨认湮没在草丛中的道路

对于说来就来的大雨
草原献出了土地，接纳每一滴雨水
像我们走过湿地时
以敬畏之心，试探每一株青草
与泥土的亲近

哪朵花是你

泥土还没有解冻
母亲就惦记着要种些什么花
其实，每年都差不多
但这并不影响
母亲憧憬不一样的春天

昨天我尝试着清理
院子里的碎叶和枯草
它们蜷缩在冰雪中，毫不起眼
却是我忍不住怀念的过往
那些曾经鲜活的花朵和绿叶

今年的花种下去
我会猜测，哪一朵花
是去年的影子。或者，是一株
重新活过来的根茎

三月桃花怜春水

雪和冰纠结在一起
像起伏的丘陵
河水悄悄穿过冬天的缝隙

远远地看了一眼
那些厚厚的冰雪就移到了胸口
当春天犹豫的时候
对温度的敏感，总让我
瞬间陷落于这样的匆匆一瞥

有人说岸边有桃花，含苞待放
我相信。但我没有看见
慢慢落下来的，只有炉灰
仿佛被黑夜揉碎的干花

新的花朵，在我不曾去过的地方
它想要的倒影和追逐
是一条河流关于春天的遐想

归　来

我很少见到燕子
这里太冷了
我的屋檐只能留给一群鸽子
但它们也飞走了
与季节无关。水泥，红砖，玻璃
是羽毛并不习惯的温暖

时而就不知道
要从哪里找到春天。盆花迷惑眼睛
往往是
一次不经意的外出
才发现泪珠般大小的嫩芽
已变为追逐春风的柳枝

田野里流浪的枯叶，和清霜
落入刚刚翻整的泥土。种子被垄沟深藏
一只燕子，循着陈年往事
从远方返回
它经过高耸的塔和细密的水纹
决定留在我的身边

有　雨

昨天看天气预报
已经得知第二天有雨
但是，当雨真正落在今天的肩头
没有掺杂冰雹
或者雪粒时。我忍不住感伤
要有一大段时间
看到雨

这样的时候
我格外怀念铺天盖地的大雪
它虽然也来自天空
却遮掩了山野巨大的空旷
而不会像雨
只是不停地流泪
冲刷出更加清晰的沟壑

第二辑 我们都是土地的孩子

——有些雪，落在父母亲身上

就再也没有化过

地 标

母亲站在中山桥上
她并不知道这座铁桥是兰州的地标
也不知道黄河的名字

她仅仅说了句——
只有这样大的河，才能有这样大的桥

每次再见中山桥
我就会想起，一字不识的母亲
初遇黄河时的平静

仿佛在山林中，看到小溪和木桥
而她，要去河的那边
收割一片金黄

勇　气

我没有女儿勇敢
十岁的她
不止一次对我说
爸爸，我爱你

年过四十的我
仍没有勇气
对父亲说一声
我爱你

父亲节这天
我再次陷于巨大的不安
但终究还是未能说出
那简单的三个字

秋天的信

蚂蚱开始叫了
就在我去过的那片草地
但我看不见它们
每年的秋天
我迫不及待想听到它们的声音
仿佛在夏天急切地等待油菜花盛开

当我回到小院
小心翼翼地捡起地上的花瓣
放在结满果子的树下
此刻，我多么想读一封信
你夹在纸间的枫叶
让我想起林荫道上斑驳的影子

月色苍茫
风凉了很多
我爱过的秋天不是这番模样
深夜里还会有更多的花瓣悄悄凋落
像岁月里滑落的信笺
曾经有多么美，现在就有多么轻

时间上的补丁

再想想吧，该拿什么来缝补这萧败的时间
我曾经以为，时间永远年轻
像喜欢的人，永远不变心
只是八月的高原，竟落了场大雪
还有什么不能改变

你知道吗？更大的一场雪就在远方
或许很快就会到来
这么多天的雨，已经撕裂了时间的记忆
秋天浸在翻滚的洪流中

比一个人的孤独更忧伤的是
众多的麦秆彼此搀扶，依旧挡不住风雨
云朵可以缝补天空的辽阔
却无法替代叶子说出麦穗的悲凉
时间最好的补丁，还是独自成长，各自安好

雪是雨的羽毛

我该怎么爱你，在这荒凉的尘世
天空的泪水落到大地上时
没有一把伞能遮住草木的悲凉
孤独像一片叶子的枯黄微不足道
更多的伤痛来自于云朵

我愿秋天的万物浸透阳光
我愿你在思念里笑成鲜花的模样
若是还有细雨落在七夕这天
请允许我将你种下的一万颗星星
送给仰望夜空的人们

余下的黑，等一场雪吧
等白色的羽毛，拂去每一滴眼泪
你祝福过的山川和田野
正在向我轻声诉说
刚刚过去的秋天，我们曾经多么相爱

秋 分

这一天，昼夜已均分
我也想，将时光分成两半
一半在遇见你之前
一半是遇见你之后

可惜世间没有一把尺子
能够丈量我们之间的距离
像黑夜和白昼
远不是月亮和太阳的交替

更多的星光，是千万年前赶来的渺茫
更漫长的等待，从明天开始
夜长一寸，我和你就远了一寸
没有一个白昼，能够偿还黑夜里的相思

无法描述的夜

寂静。万物都已睡去
炉火跳动的声音，分外清晰

已经结冰了
留下来的叶子，正在和树告别
最深切的痛苦往往悄无声息
星空藏匿了表情
我只能在灯光下想象
月亮和云朵说起的人间悲欢

不敢睡去
黑夜抵达的远方，无法描述
像爱过的你，真实又虚幻
而思念，是我唯一能写出的文字
昨夜的大雪
掩去了所有落寞

只有一条路不会湮灭

前几天去看你，草有一拃高了
再过些日子，青草和地里的庄稼一样高
我就看不到你了
但我能看见，草丛中
刚好容下一个人脚步的小路
从门口，一直通向你

每年有很多路被改建成柏油大道
也有很多路重新成为山川的一部分
但我从来不担心，你身边的那条小路
被青草遮掩，泥土阻塞
抑或被岁月湮灭
每一条走向亲人的路
在人间都得以周全

盐

细碎的颗粒，从来就没有离开过我
仿佛是一种启示——
日子苦涩而琐碎
但母亲可口的饭菜让我相信
盐是最好的调味品
与母亲在一起的生活，也是最好的生活

某个瞬间，蓦然发现
母亲的白发比盐还要洁白
我假装不知道，饭菜里盐多了还是少了
但无法拒绝，母亲这些年吃过的苦
慢慢地沉在生活里
结成厚厚的盐

野　炊

父母亲是地道的农民
从未离开过田野和山川
他们将汗水洒在仅有的几亩土地上

他们也曾说起青草，山花，溪流
和适合野炊的好地方
却一直未能成行

盛夏的一个午后，他们和众多亲友
相聚在开满格桑花的山坡
那天的阳光和泉水一样明亮

我总是忍不住想起这仅有的野炊
像他们这些年屈指可数的快乐
而无数的苦难，从时光里接踵而来

人　间

我陪着八十岁的他，到山上看望逝去的亲人
下了几天雨，地上有些潮湿
我担心他着凉，他说
这是阳坡，不会太冷
况且他以后要永远留在这里了

接着，他比划着自己坟头的位置
——就在母亲的脚下，旁边是兄长和妻子
这块狭长的坟地，因为滑坡已变得更加局促
但已经垒起的坟头，占去的地方并不多

在清冷的秋风中，比芨芨草还要单薄的他
提及随时而来的归宿，一脸平静
身后，是一幢幢拔地而起的高楼
和无数窄小的窗户

我们就是刚刚从那里
来到这满是青草和坟头的山上
人间辽阔，但无论活着还是离去

我们终究只需要一隅之地
来安放身体和灵魂

人到中年

二十年前以为，中年是多么遥远
转眼之间，父亲就白了头发
我已到不惑之年

渐渐活成了父亲的模样
翻整土地，种菜，养花
收看天气预报，关注每一个节气
担心风雨中的庄稼和花草
对每一片掉落的叶子和花瓣，充满悲伤

时常恍惚，这样的生活情景
属于父亲还是我
而庄稼和花草，长了一年又一年
仿佛时光也是一株生机勃勃的植物
周而复始，荣枯交替

秋　色

今天去山上看你
坟头上又滑落了一些新土，还有雨水冲刷的痕迹
满坡的枯草诉说着刚刚过去的几场寒霜
蚂蚱的叫声大不如前两天响亮
你紧紧倚靠着的那面山坡
比九月的田野，还要多几分悲凉

要怎么告诉你
这个秋天的雨，比过去任何一个秋天要清冷得多
仿佛叶子和花朵也衰败得更快
我在你周围，看不到明亮的颜色
直到发现了几朵藏匿在草丛中的野菊花
它们碎小的花瓣，和你喜欢的波斯菊
有着同样的淡紫色

这些经霜不落的花朵，仿佛无法磨灭的记忆
让我一次次想起你，想起淡紫色花瓣
——这是我们共同拥有的温暖

探　险

孩子，当我跟着你
去重新认识这个世界时
我渐渐变得和你一样，充满了好奇
和不厌其烦的热情

我反复说出熟悉的词语
比如天空，云朵，青草，鲜花，鸟雀
更多的，是我不曾留意抑或陌生的地方
比如你贪玩了一下午的土堆，草丛
甚至更远处的一面山坡，一条溪流

你问我的那些问题
让我不止一次感到无知和羞愧
对你探究的万物，我没能保持足够的热爱
你在一片叶子上看到的，比我认识的世界还要辽阔
而这辽阔，有着无限的想象和快乐

孩子，在你成长的这些年里
我不再是一个疲惫而自满的男人

是你，让我愿意以父亲的名义

和探险的勇气

去发现值得我们深爱的世界

我们都是土地的孩子

父母亲种的庄稼越来越少
山地都托付给了青草和小花
我已经很少见到声势浩大的秋收场景了
然而，当九月的风穿过田野
记忆里的麦场就如约而至

母亲双手托起簸箕，微微抖动
秋风带走麦衣
父亲将装满谷粒的袋子，摞成硕大的书籍
年少的我，并没有完全读懂书中的艰辛

现在，我给孩子说起当年的麦场
仿佛在讲述一个久远的童话
她认真画下的场景，比我的记忆还要温暖

——终究，我们都是土地的孩子
无论离开还是靠近
我们都会像父母亲一样
深爱着土地，和土地上的庄稼

看　图

欣儿指着图片说
这是李白，这是杜甫
她轻易说出了两位诗人的名字
但我不清楚，她还知道些什么

其实，关于他们
我能说上来的，并不比欣儿多
就像我反复写下的生活，都差不多一个样子
父母亲悲喜过的，也是我和欣儿正在经历着的

但我相信，在这似乎周而复始的光阴里
总有我们真切的梦和憧憬的远方
还有值得铭记的痛和隐忍
就像我的孩子，在她十二岁生日这天
一眼认出，我们反复说起的
李白和杜甫

旋转门

当我搀扶着母亲，走进门内时
母亲奇怪，旋转的门怎么能进出
她小心翼翼的样子，让我想起
她第一次逛大型超市
第一次坐电梯
第一次在天桥上看车水马龙

母亲时常提起，这些让她惶恐的事
她安心生活在这座小城
种下庄稼，蔬菜，花草
她熟悉推开的门
门里有她牵挂的亲人
他们有着和母亲一样的生活

斜　坡

午后，习惯陪着八十岁的他
穿过街道，巷子
和老城蜿蜒的叙述
来到山脚下，攀行在陡峭的斜坡上

两旁是众多坍塌或隆起的坟头
几只啃食青草的绵羊，和我们一样安静
风把他胸腔里的呼吸和痛苦
倒进我的耳蜗

他耐心告诉我花草的名字，像说起
先他奔赴黄土的妻子、兄弟，或者亲友
每一座坟头都是开在记忆中的一株花

这个已经看见了死亡的老人
一直走在前面，不肯让我搀扶
他从来都没有屈服于，脚下的陡峭

——直到，以后的某一天
我独自走近，山坡上新垒的悲凉

海　拔

你站在湖边
纱巾和天空都呈现着我喜欢的蓝色
想问问你
山风是否吹冷了你的手

把樱红的果子给你
把尖锐的刺给我
——温暖的话，像六月的湖水
荡漾在我们中间

然而，高原是
你从未有过的呼吸
我不知道，要身处怎样的海拔
才能和你拥有同样的心跳

割　舍

院子里没有地方种菜
邻居将巷子旁的一块平地托付给父母
地很大，他们规划了许久
种下小麦、油菜、土豆和蔬菜

这些植物就像他们的儿孙
勃勃生长——
而父母也把更多的汗水，流淌在
并不属于他们的土地上

欣儿常常要去地里，唤回劳作的父母
我劝说，年龄大了，不要太辛劳
他们嘴上应答，依旧早出晚归

我的父亲和母亲，在泥土上播种了一生的情感
每一样丰收的果实里
都蕴藏着我深深向往却无法抵达的安宁

隐秘时刻

邻居家的老人去世后
她的老伴儿就拄上了拐杖

我听过他在众人中歇斯底里的痛哭
像个无所顾忌的孩子
这让我担心另一个失去老伴儿的老人
他是我的亲人，我熟悉他的样子，声音
和他这一生的硬气

我多么希望，他能像邻居老人一样
把悲伤呈现给我们
但他，一个人烧炕，做饭
收拾盆栽和院子里的蔬菜
重复老伴儿生前每天的生活

直到有一天，我听见
他在茂密的李子树下长长叹了口气
那一刻，我熟悉的他
终于像一个失去老伴儿的老人
露出了隐藏很久的伤痛

未完待续

雪来得很快
——它知晓我的等待
我顶着雪
走过曾经结满樱红色果实的树林
果核里藏有十月最好的记忆

枝叶托不起雪花的重量
雪无处可去
我们需要找到另外一片荒芜，来安放
琐碎，隐忍
和无法言喻的不安

越过黑夜，细小的雪粒被风吹起
又开始了它身不由己的奔波

报　纸

父亲收藏的一张报纸
早已失去了黑白分明的颜色
和油墨的香味

在这张发黄的报纸上停顿了许久
我看到，字里行间
二十几年前的一个少年
一路小跑

他在学校对门的邮政营业厅里
拨通邻居家昂贵的长途电话
告诉父亲第一次发表文章的消息

现在父亲和这张报纸都老了
我再也没有告诉父亲
我又发表了很多文字

而这些文字还像当初一样
站在白纸之上

等一个人，气喘吁吁跑过来
把它们接回温暖的家

熬

你喝下黑色的汤汁
无心饮食

沉默是时间的背景
我们留在原地，等待悬起的刀
落下
斩断彼此依恋的藤蔓

陶罐在炉火上蒸煮
柴火来自山林
那里有一块向阳的坡地
被我视为最后的归处

坡上的草木，将成为你身体里的药
你在它们中间会找到我的名字

春　光

我和他一起去探望亲人
头顶的冰雪融化了一部分
另一部分以足够的坚硬诠释依旧寒冷的天气

他艰难地迈出每一步，坚持要自己走到山坡上
我准备随时搀扶这个硬气的老人
小路越来越陡峭，像他的呼吸渐趋粗重而短促

我们坐下来，天空很蓝
过了雨水，好多地方花都开了
邻县的人们已经开始播种小麦

听着我们的交谈，身旁干枯的芨芨草在风中点头
经历了漫长的清冷和落寞
它们也在急切地等待土地酥软，虫子醒来

——春光明媚的日子
他就不用再跋涉于冰雪覆盖的山路
而葳蕤的草木围绕亲人，多么像我们团聚在一起

家　书

父亲识字不多，几乎从不提笔
在我上中专期间
他写了很多信，每封信只有一页
一笔一画，极为整齐

现在，父亲会在手机上读到我的诗
但我不曾像他当年那样
在炕头的方桌上，工工整整写下每个字

对于一支笔，我保持了足够的敬重
它属于二十多年前的父亲
我云朵一样轻的诗句
始终未能写出我和他之间的爱

——这让我惭愧。一个少年
回到黄河畔
在门卫室窗沿上的一沓书信中
仔细寻找父亲寄来的言语

一本合上的书

他侧躺在炕头
阳光穿过苹果树和窗户玻璃，照着老花镜
金色的光芒在白发上闪耀

那本书并不太厚
几天时间我已将它读完
他却看了很久，边看边回忆

偶尔，他起身，合上书
讲起那些久远的故事。书在窗沿上静默

对于面前这个老人，我和它
都选择了倾听——
一个人的一生就是一本书
他叙述的是他自己，也是将来的我

九月的忧伤

母亲在地里收获果实
庄稼掩藏她的身影，但我并不感到惶恐
母亲就在它们之中

在她身后我拾拣遗落的麦穗
我们各自弯腰忙碌
渐渐拉开距离

我起身寻找母亲
她在一片浩茫中微笑，挥动手臂
示意我到阴凉中去

我们歇息于田边
秋天即将转身而去，那么多的草木
正要送别自己的孩子

我枕着青草睡去
母亲的目光里盛满我不曾察觉的忧伤
——我们终究会分开，像九月的两株麦子

萤火虫

月亮深藏于云朵
我们在黑色沙漠中寻觅彼此
却始终无法摆脱孤独

然而我们终究会相遇，无论迎来的
是欢笑还是悲伤。

像天各一方的星星，以光的速度奔向对方
相互辉映，或者黯然面对

在此之前，我相信一只
轻若微风的萤火虫

它和我一样
——为了命中注定的遇见
宁愿熬尽自己微不足道的光芒

一张困在瓶中的纸

等天晴时再打开吧，要说的话
我都写在了纸上

雨那么大，我怕雨水会淋湿一张纸的勇气
将它放在透明的玻璃瓶中
挂在你必然经过的那棵蔷薇树上

它安静得像一只蝴蝶
但请你相信，它会说出我的秘密
——这个五月，我已经等了很久

你说，过了春天
你的心跳才能和叶子的呼吸一样平稳
你也就能听
我在大雪中早已准备好的话语

只是，雨一点一点打在玻璃瓶上
多么像一个人悲伤的样子，清晰而透亮

比李子花还白的雪

我们轻轻拭去地上凋落的李子花
查看向日葵和大丽花苗的长势

它们在泥土里藏着的这些天
树上的花开了又谢

父母亲着急于它们的迟缓
并没有看到那么多的花
已经匆匆走完了它们的一生

而我也来不及伤感于花朵的凋落
比落花更醒目的白发
让我对每个春天充满忧伤

——有些雪，落在父母亲身上
就再也没有化过

刺杆花

你的身旁长满了一人高的刺杆
花朵伸出草丛
星星点点，倒映着似远非远的天空
我融化在大片的淡紫和更巨大的湛蓝中

在同样辽阔的田野里
你曾俯身拔掉一根根高过小麦的刺杆
——它们是多余的
尽管它们有麦芒一样的刺，却不能成为九月的粮食

而现在，让你焦虑的刺杆围绕着你
你没有伸手清理生命之外的荆棘
它们的芒刺和紫色的花瓣
不再是无意义的存在
你覆盖青草的坟头看上去和山川一样温暖

像一道闪电

两朵云，在十月相遇

一定有耀眼的光芒，像一道闪电
让弱不禁风的手勇敢攥紧带刺的果实
和涌上心头的歌声

但你并不承认
长发像藤蔓缠绕山谷
谷中溪水自流，向我们的来处奔去
而我和你要一起前往山顶
越过蝉鸣和鸟叫

——然而，一切终究都会分开
各自奔向时间的谷底
再也没有一道命运的光
可以让我们撞见彼此的倔强

隐藏在草丛中的眼泪

清晨，我们去山上
像任何需要勇气的时候一样，父亲走在前头
——替我遮挡住迎面而来的凉寒和悲伤

他的父亲、母亲紧紧靠拢在一起
身旁围绕着山花和青草
他们的一生，从未离开过土地
也从未彼此分开

他们最小的孩子领着他的长子
在晨曦未散尽之前
轻拭去花草上的露珠

让我难以释怀的是，父亲的泪水
在他默默转身的瞬间
悄悄掉落在草丛中
——有些眼泪，从一开始
就只能隐藏起哀痛

寂　静

静是另一种声音
比如雨落在虞美人上，而花瓣从未说出
为了亲近夏日的微风，它曾经
和最后的几场雪擦肩而过

再比如，我写下一首伤感的诗
是多么想让你听到，它在纸上悠长的叹息
穿过风，穿过雨
却穿不过我们之间遥远的距离

渐渐地，这清晰的静
在苍凉中趋于一种尖锐。像九月的麦芒
让我相信，远山之外的云朵
将带来更加巨大的寂静

慢慢爱

青涩的杏子，不管不顾
落在虞美人身边
它只是情窦初开的少年

而我，鬓角有雪
却仍然想看到，不谙世事的樱桃
虚掩在叶子之间，羞红了脸

你没有嗔怪于我的急切
你知道，我其实是一个喜欢安静的人
就像时针，从容接近秒针奋力追赶的时间

不过，光阴暗藏玄机
我就怕一个停顿，你就离我很远了
像低头的瞬间，杏子黄了，樱桃也红了

但风不停地从屋顶上缓缓落下
仿佛你从远方捎来让我安心的话
——慢慢爱

就算雪覆盖了整个山野

我们也有一个小院，可以装得下最好的春天

至 少

在傍晚的火烧云下想起炉火
它们让我感到
炽热和平静并不矛盾

就像两个人，并没有因为山与水的遥远
失去爱与被爱的光芒
也没有因为黑夜的漫长
而深陷悲伤

我想，现在的我们
是幸福的
至少，我们看得见云朵的绚丽
也听得到火焰的呼吸

在没有遇见彼此的眼泪之前
这是我们最好的距离
——只需抬头或低首，天涯就在刹那

空 念

我羡慕风——

它穿过巷子，走到屋檐下
和我一起伫立在门口

它只是短暂停留，并没有像我一样犹豫

恰似昙花一现的瞬间，它已撩起你的长发
而我，还在为帘子上
彼此靠近又分离的声音失神

我很想知道
当你轻卷珠帘时，是否看到了
我眼睛里惊慌失措的珠子

白 露

对于节气，父母更为敏感
他们关心院子里的花草，地里的庄稼
和隐隐作痛的关节

白露之前，父母说
该去收割油菜了——

天气不是太冷，但风在深夜里
将秋天的心事凝结为露珠

屋内已生起了炉火
多年之前，油菜的秸秆温暖我们简陋的房子
和屋檐下的鸽子

这些年，露水茫茫
我们拄着微弱的光走过山野

异　域

她嫁到了异乡——
一个距离家乡一百公里的地方
亲友们说，这并不算远
可以时常走动

二十多年里
她在婆家和娘家之间来回奔波
头上有了零星的白发
孩子们也渐渐长大

但她更加频繁地去家乡
她从未告诉任何人
不在父母亲身边
再近的距离，也有异域般的遥远

没有一个地方的炉火
能和儿时灶膛里燃起的草火
拥有同样温暖的光

破洞从未消失

上学时，母亲用圆形或方形的补丁
缝补好他衣服上的破洞
补丁整齐，针脚均匀
人人都在夸赞母亲的针线活

长大了，他再也没有穿过破旧的衣服
他知道，这些年
母亲用一根看不见的针
继续缝补着他生活中的破洞

虽然那些补丁隐藏起影子
但他清晰地看到，在时间的灯盏下
母亲把一根根白发
艰难地穿过岁月的针眼

秋 日

父亲背着母亲十六年前的嫁妆
——一只枣红色木箱
我背着尼龙绳捆扎的行李
一起走进九月的兰州

我们跌跌撞撞闯入陌生的人群
一边走一边打听
在陌生的站牌上寻找信息
换乘一辆又一辆公交车

我默默跟在父亲身后
不知道他流了多少汗水
只记得从离开家乡到返回车站
他一直走在我前面

毕业时，当我背着木箱回家
我感同身受了父亲的疲惫
但我无法得知，他一个人再次穿过城市时
心里还有多少惶恐和失落

其后，我总会想起父亲汗流浃背的身影

但再也没有一个晴朗的秋日

将父亲和我的身影紧紧地连在一起

只有枣红色的木箱，依旧像当年那样沉默

宽　恕

成全土豆的一生
需要一群人的辛苦劳动作为交换——
只有声势足够浩大
才能抚慰其他庄稼走回粮仓后
土豆在寒风、冰霜和白雪中的坚持

春耕时，父亲吆喝着老牛驾起犁铧
帮忙的人们紧跟在身后
将母亲切好的土豆块放进深沟
我也跻身于他们之间，奔跑，或耙耱
不止一次跌倒，浑身沾满泥土

而后几个月，和父母去锄土，除草，采挖
泥土也从未离开过我
很多年后，我双手捧起土豆
它们身上已经淡去了我的痕迹

父母亲并未责怪于此
而是以更加深沉的坚守，祈求泥土
宽恕一个农民的孩子远离土地的无奈

漫　溯

他终于闲下来
像小时候一样黏在热炕上

不再耕作庄稼
不再吆喝一头黄牛
或一匹铁青马，前往山坡

算起来，他的年龄比院中的杏树还要大
当他说起陈年往事时
一条平静的河流从我们身旁缓缓流过

但我总想迅速地蹚到对岸
却又不得不停下来
和他一起去寻找时间的源头

在这个过程中，我学会了放慢身子
像他越来越沉稳的诉说
更具有逆流而上的力量和闲适

雪落在我们的离别上

你应该知道吧，我这里下雪了
虽然这只是我的猜想

风还没有长出利刃的时候
我们迷失在秋天的旷野。说好一起去看芙蓉花
却被十月最后掉落的一片叶子
击败了出发的勇气

粮食是幸运的
早已被视它如命的人安放在檐下
我一直心疼不已的咳嗽声，却不再清晰地
逼近我的耳窝。它终究只属于你

就像这个深秋的雪，从一开始
只落在了一个人的小院里
而我们曾经相约，要在纷纷扬扬的大雪中
把漫长的等待和煎熬交给炉火

仿佛漂泊千里的白雪，会有爱人

柔软的心肠。但你和我都未曾想到

当它落下来时，只有我独自承担了清冷

你还是未能感同身受

北方的秋天，雪粒压住眼泪的疼痛

雪中的父亲

大雪。父亲走在前面
这么多年，他一直替我遮挡风雪
地上不规则的足迹
像一个个粗壮的感叹号

原来能轻松抱起一袋粮食的父亲
已经踩不出完整的脚印
轻若浮尘的雪粒
压沉了他挺拔的身子

整个冬天，我都在担心
雪下得太大，太多
我年老的父亲，还没来得及抖落
上一场雪

红月亮

今夜，我才有勇气
去回想
昨夜哭红了眼的月亮

而悲伤的人，没有眼泪
月亮是他放手的影子

夜色不必深远
一片云就能遮住一个人的仰望
一颗星星也能搀扶一个人的久立

只是，月亮再次升起来时
空旷的小院再也放不下
我试图平静的心
和整整一个冬天的雪

猜　谜

崭新的盆子，暖壶，锅碗
和衣服，鞋袜
被他放在只有自己知道的地方

他过世后
儿女们一件件翻找
但至今，还未能找全

当初，他把它们藏得那么深
也许只是为了
让儿女们在寻找的过程中发现——

这个家，已是陌生的谜语
他们需要反复回到过去，才能重新认识
一个父亲的孤单

雪　夜

雪那么大，我还是想去看你

你说过，没有一场雪
曾停留在你的心里
你习惯了把月色视为薄薄的雪
覆盖窗沿
和门前的小路

今夜，我披着漫天的雪花
沿着它走向你
两旁的树木怀有和我同样迫切的心情
它们指向静寂的屋檐

手电筒的光，比我更早一点
看到你为我写下的诗
那些火热的词语，融化了风尘仆仆的雪
一半像我们拭去的泪水
一半是寒风又卷起的云朵

草　籽

地里的杂草太多了
年迈的父母亲却只能拔一会歇一会
他们身体里也有无法根除的病患
时常表露在某个雨天

他们的一生，都在努力
让小麦、青稞、油菜在干净的土壤里生长
结满厚道的果实
并从中挑选出来年的种子

我的父母亲，可能还不知道
有人会特意种下比庄稼还要金贵的青草
而这里，只有风收留了卑微的草籽
在山坡间来回奔走，为它们寻找安身之所

明天，你和所有白鸽子都活过来

已经失去踪影的屋檐
曾拥有一群鸽子，比雪还要白

而那时的你，头上也落了一层雪
我困惑你在侍弄庄稼之余
把鸽子视为珍宝。你给它们起了名字
你把最好的谷粒留给它们

你站在院中，像一棵年长的杏树
静静看着它们飞远
你一生也没有去过那么遥远的地方
它们替你探知云朵漂泊的历程

很多年后，我听到一阵哨音
穿过傍晚的风
明天，会有背负消息的鸽子落在屋檐下吧

草 命

他一生去过的最远的地方是兰州
那是四十年前的事
我想，如果他还能去那里
恐怕也看不到丝毫熟悉的模样

但这只是假想
他已经留在了村庄背后的那面山坡上
旁边是他的妻子，一个和他同龄
终生也只去过一次兰州的女人

他们的周围，长满青草
九月，他们还在向阳的屋檐下
与儿女们商量秋收的细节
从哪块地先下镰，又在哪里打碾

当大雪落在空旷的大地上时
他们已无从知晓，今年的灶膛里
秸秆一直在默默燃烧，不敢发出声响
怕火焰会引来压抑许久的眼泪

多年后，坟头凹陷成平地
一生谨小慎微的他们，像生前一样
把土地还给生生不息的草木
抹去了他们在这个尘世留下的最后一点痕迹

一枚灌浆的动词

小麦低头看向大地
风在河岸边徘徊
丰收的时候就要到了

父亲隔几天，去看一次庄稼
他怕麦穗突然褪去金黄的颜色
一些来不及收获的麦粒
将会掉落在地里

我想起，春风吹来时
父亲准备的种子，粒粒饱满
数月后，它们经过
播种，施肥，锄草，收割，打碾
又一次成为饱满的种子
或者粮食

这让我相信
一粒种子就是一枚被风摇晃
被雨淋湿

被阳光灌浆的动词

它用一生

在父亲额头划下一道皱纹

紫色的四月

风还没有完全暖和起来
我坐在山坡上
能感知它不同于冬天时的清寒

枯草中，一簇簇的嫩芽隐约可见
它们要过些日子
才能长成葱郁的青草
和蒲公英
以及一些我说不上名字的小花
它们会亲密地围绕着你
但其中没有你喜欢的紫色

从你留在山坡上的那天起
每年四月，我都会耐心在院子里种花
看着每一颗波斯菊的种子活过来
将八瓣的花朵从初夏一直开到深秋
久长的花期，让我相信
你喜欢波斯菊并不是因为它的紫色
而是你知道，久久不肯离去的都是陪伴

我希望风，阳光和雨水

尽快走进四月。让更多的波斯菊盛开在小院

当你从山坡上凝望时，一眼就能看到它们

流水赋

顶着风雪和细雨
我和父母亲又一次在院子里种下了花
他们比我更喜欢春天
早在去年深秋，他们收获粮食
把秸秆和落叶聚拢在草房后
关于春天，他们已经想了很多

我跟在他们身后，像很多年前一样
把种子播进他们翻好的泥土里
在每个节气到来时，听他们说起天气
一起观望云朵的去向和颜色
以及风的速度
温习关于庄稼、花草、树木的常识

每年的日子就这样过去了
我们没有错过冬天，也没有失去春天
仿佛时间并没有流动
是我们，一次又一次走到过去
又回到现在

凝　望

胃疼，想把窗外的阳光
拉进怀里
但你和天空，都那么遥远

你大概以为
一句话，并不会温暖
我这些年无法摆脱的体寒
却不知道
一些词，天生就是眼泪
而另一些词，比炉火还要炙热

假想，夜色让出小路
有亲密的话从远方奔赴而来
我是不是可以忘记
你曾经拒绝，我把悬挂的灯火
当作星辰凝望

你是我眉间一阕青词

不要问，雨何时会停
它替我说了很多

月色薄如纸时
我是多么怯于诉说
往往是，只唤了一声你的名字
话就停在了胸口

像深掩于梦乡的暗流
湍急，抑或平缓
你都不曾得知

但风经过我的眉间
读到了柔软
让后半夜的雨，更加迷离

第三辑　因为光充满了力量

一个人久坐在风中，却并不孤独

万物都在成长

有人在雪地里歌唱

路人小心翼翼地走过街道
仿佛那些积雪还有着鲜活的生命
但我知道，没人会歌颂它们

我回到了田野
想看看离开多日的麻雀，有没有回来
我也想看看，没有人走过的地方
雪到底多么洁白

目光所到之处，寂静而落寞
有人在雪地上歌唱
看不清他的模样
只有歌声飘荡在凛冽的寒风中

我认真地听
猜想他有着怎样的故事
这远离城市的郊外
突然溢满了泪水

有人能扛过深夜的漆黑

却抵不住大雪的洁白

通明的世界，悲伤无处可藏

偏　爱

灯光目睹了我的孤独
却无力看到更远处的痛苦
我偏爱这苍茫的黑夜
我知道
有人在月色里独行
想在星星隐去之前回到故乡

虽然无人感触你的疲惫
请相信
星光在母亲的窗沿写下了你的归期
白昼醒来之前
我和你，都是黑夜里的一尾鱼
因为光充满了力量

隐　喻

辽远的夜空，星星无数
月亮独自亮着
像一个人在众人的喧闹边静坐
或者远离

时光里走散的，除了月色
还有渐行渐远的亲友
相聚像云朵，总是被风吹散
而风从何处来，无人得知

很多悲喜像隐喻，多年以后仍然充满想象
夜色迷茫，像一场看不到尽头的雪
有人正在赶来，有人已经离去
还有人像十五的月亮，孤独到只有光芒

把人间让给一场大雪

似乎每一场雪都是在深夜里悄然而来
又在深夜里悄然而止
其实，我只是愿意想起这样的雪

夜的黑，像一个人孤独时的想象
有着无垠的悲伤
和压着心口的厚重
倘若飘起又轻又白的雪
夜色渐渐把人间让给一场大雪

而我，也终于有机会
将一颗白羽般干净的心
交给我深爱着的大地

深　夜

小院不大，有几棵果树
春天，他会种一些波斯菊、向日葵
还会种一些蔬菜
他喜欢那些碧绿的叶子和绽放的花朵
它们葱郁的样子让小院显得拥挤
正是这样，他害怕冬天
害怕空旷的小院和田野一样辽阔

高大的果树，虽然失去了叶子
但还是拦下了最深的夜
即使有月光，也到不了枝条下压着的黑
像这世间，总有灯火未明的地方
而每一盏灯火，未必会照顾到所有的孤独
哪怕是一个小院，它的黑夜
依旧充满了无限的悲伤

雪没有到达的地方

雪像从未食言的回忆
如约而来，让我无力拒绝时光的更替
这里的雪，又格外大
这里的冬天，又格外漫长

每年，我要生很久的炉火
要烧掉很多的煤块
那么多的煤灰，像一个个被雪浸透的深夜
悄无声息地落下来

夜有多久，雪就下了多久
但从来没有一场雪，可以掩去所有的孤独
总有些悲凉
是雪也无法到达的地方

沧海一粟

其实，即使看不到大海
任何一种辽阔
比如天空，草原，沙漠，雪地
都会让我顿然领悟渺小的含义

但面对更渺小的事物
比如虫鸟，落叶
甚至光线中游离的浮尘
更容易让我心怀敬畏
那些弱小的身躯
承受了更加厚重的生命

悲伤的是，渺小这个词
并不能说出，我所有的感受
就像没有谁，能真正明了
一粟之于沧海的悲凉

静默的众生

喜欢深夜，喜欢深夜的安静
但要远离尘世，远离车水马龙和绚丽的灯火
要在偏远的山村，或是郊区
要有一点狗吠、虫鸣和风吹动叶子的声音
还要有一片足够辽远的星空和月色

不用刻意去听，不必急着感伤
万物都将归于沉默
我们还在人间，但不再被煎熬，被伤害
此刻说起痛苦，就有些勉强

这浩浩荡荡的安静，落下来
像无数的星星缀满了夜空
就再也没有一朵云，可以乱了它的心神

归 乡

那年冬天，我在公交车上丢失了同学
放假时，我们相约
一起回家，一起从这个陌生的大城市
回到熟悉的小县城

这是我到兰州读书的，第一年第一个学期
我还未曾真正认识，那些高楼大厦和长桥阔路
我只是一个十五岁的乡下少年
一无所知，或者
我知道的与这个城市毫无关系

深深记得下车后，在人群中找不到同学的惶恐
和对家乡的怀念，怀念狭窄的街道、低矮的房屋
以及彼此点头、微笑、寒暄的街头
此后的事，却已淡忘
终究，我还是和同学结伴回了家

但再也没有一次归乡，如此清晰
这样的清晰，让不惑之年的我

仍然深爱这个小县城

仍然迫不及待地，从一个个喧嚣的城市

回到我的小院，回到我熟悉的人间

寒　风

在美仁草原的一面山坡上
我遇见吹得最久的寒风
我不知道
它来自何方，又去向哪里

云朵近在眼前
顶着风的牛羊，神色不惊
青草蜷缩成一团，像纠结的痛
牧羊人在远处放歌

一个人久坐在风中，却并不孤独
万物都在成长
所有告别的伤痛，悄无声息
猎猎作响的，除了风，还有希望

祝　福

守着小院
面对一棵还未长出新叶的杏树
我有意避开仍旧寒冷的风
毕竟已过了立春
午后的暖廊里盛满了明亮的阳光
足以安慰过冬的花草

想象着街头的喧闹
此起彼伏的吆喝和熟人之间的寒暄
亲密的人群和礼让的车辆
让我相信，生活还可以更慢一点
慢到你我身在尘世，却不觉得拥挤

从南到北，像浪一样涌过来的
是时光里的春天，也是人间盛大的节日
善良的人们，正在把美好的祝福
送给街坊邻居，送给亲朋好友
送给朝气蓬勃的万物

光　阴

从未放弃过
把一朵花从春天看到秋天的勇气
即使那些凋落的花瓣
一次次让我难过

花朵的兴衰只是时光的一部分
更多的时光悄然飞逝
当院子和田野落入了空旷
一切似乎都毫无意义

在沉默中怀念草木、庄稼和虫鸣
不是所有的光阴，都会留下痕迹
允许自己像风那样，可以抵达任何一个远方
也可以静守一处平静的山林

温暖这个冬天的不仅仅是炉火

天气越来越冷
我们怀念，刚刚过去的秋天
阳光多么温暖
我们在田野里收获饱满的果实
平整土地，挑选种子
为来年的庄稼积攒希望和勇气

大雪飘落时
风中凛冽的寒意逼近门窗
而突如其来的疫情，让我们更加不安
接下来的日子，还有多少雪要飘落
但坚守在各自岗位的人们
正在和时间奔跑
而忘记了深夜的雪，下得那么大

我知道，即使这个冬天再怎么寒冷
总有些人，像滚烫的炉火一样
让我们感到安心和温暖

风雪中坚守的人们

雪，从傍晚就开始飘落
此刻，夜已经深了
十月的甘南，正奔波在一场大雪中

早在几天以前
那么多熟悉或陌生的人们
奔向了抗疫一线

他们舍弃了炉火的温暖
坚守在路口，像一棵棵挺拔的树
替我们遮挡来自远方的不安

今夜的风，一定知道他们的辛劳
它们想吹得慢一点，再慢一点
让忙碌的他们，有机会拭去身上的雪花

秋水无恙

十月的洮河快要结冰了吧
我已经有些日子没去河边了
从第一场雪落下来
我担心的不只是地里的庄稼
还有风送来的消息

今夜，又是大雪
有人顶着风雪，在防疫点上排查过往车辆
路上的灯光，星辰般明亮
比灯光还要明亮的，是他们帽子上
闪闪发亮的国徽

缓缓而流的洮河，带走了时光
那么多，那么大的雪，落在他们身上
每一条安然无恙的河流
和每一个被灯火拥抱的屋檐
都是他们拼尽全力守护的温暖

严酷地带

今天，又下了一天的雪
想来洮河上又多了些落叶
十月的高原，说不上是秋天还是冬天
但我知道，这只是时光赛道上
寒风轻轻吹响的哨子
更高更长的哨音，正藏匿在群山背后
两个月后的大雪，将携手最寒冷的日子
落在这尘世洁白的烟火上

但吹过屋檐的风，带来了远方不安的消息
时间未曾抵达的地带
疫情是一场提前到来的暴风雪
我们来不及悲伤于深秋的田野
就顶着突如其来的寒冷
在每一个村庄，每一条街道
写下从未有过的坚强、勇敢和温暖
没有一场雪，能一直落下去
我们看到的冬天，其实是从未离开的春天

手执明灯的人

车子驶过深夜的寂静
一身疲惫的你，还在路上奔波
早晨，和你一起出发的雪
午后就停下了脚步

你从未说出滚烫的话语
默默赶往每个充满人间大爱的地方
将温暖的人和事
拍成图片，写成文字

当星辰般的人们，照亮我们的迷惘
有谁知道，你也是手执明灯的逆行者
尽一身之力，让我们看到了越来越多的希望
和燃烧自己的光芒

跪

当你跪下来
和那个年幼的孩子一样高时
你不再是一个做核酸检测的医生
你是我想到的
一棵挺拔的树，一座巍峨的山
或者，一个让我仰望的词语——崇高

但你也是平凡的
像和你一样忙碌的同事
像千万个挺在我们前面的医生、护士
像那么多说不上名字，却温暖了这个冬天的人们

你身上雪一样的洁白
让我相信，你拥有天空的高度
却可以低到一个孩子的身高

书桌上的蚂蚁

平房里总会有些许虫子
从院子里甚至更远处的田野上赶来
所以当一只蚂蚁出现在书桌上时
我并不感到意外
它爬过字帖，诗集，杂志
以及，昨夜
我刚刚写下的两首小诗后
消失在房间里

这只蚂蚁不知道
它踩踏过的这些书籍和纸张
是我在孤独和忧伤里能够得以安静的力量
但我没有恼怒于它的无知
我知道
它弱小的身体里蕴藏着更神奇的力量
能搬动超过它体重几十倍甚至上百倍的东西
这样的虫子，像所有让人奋进的书籍一样
都应该拥有
一张四四方方的书桌
和一个人对生命的敬重与深爱

时光是一条被幸福拓展的大道

一家人兴致勃勃去看滨河路
刚刚通行的柏油路上，车辆飞驰而过
而我们尽量放慢脚步
想把这条柏油路，看得清清楚楚

父亲时而指着某一个地方，和母亲说起
曾经在那里居住过的亲友，邻居，
丰收过的庄稼
和很早以前修建的河堤
——他们的交谈，打开久远的记忆

那时，他们沿着狭长的河堤
艰难地走进山坡上的庄稼地，收获果实
又在崎岖的小路上，拉回一年的辛苦
现在，宽阔的滨河路
把他们的记忆拓展成通向幸福的大道

深巷里的灯光

巷子硬化后，喜欢干净的母亲心情大好
院子里新铺的地砖上，不会再沾满
父亲从地里带过来的泥土

但母亲时常念叨父亲的节俭
屋檐下黯淡的灯光，让清扫积雪的她
感到费力。她心疼崭新的地砖
怕雪水浸蚀它们的明亮

外面的大路，安装路灯后不久
巷子里的两盏太阳能灯
把母亲爱惜的院子照得通明
她再也没有说起，父亲悄悄关掉的院灯

祝　福

时常会经过街边的扶贫车间
明亮的橱窗里，挂满各式各样的洮绣
它们在六百多年的时光里
装扮着高原上的乡愁

二十年前，母亲送给小妹的嫁妆
也是这般好看
她在昏黄的灯光下，穿针引线
把女儿一生的幸福，绣进大红的锦布里

如今，心灵手巧的女人们
在窗明几净的房间，轻唱着幸福的歌谣
为新婚的女孩，一针一线绣下
母亲同样的祝福

麻雀从昨天飞回来

离家不远的地方，建起了文化广场
健身器材在早晨醒来
宽大的显示屏播放着欢快的歌曲

老人们晒太阳，唠家常
他们背靠过的土墙，新砌成红砖的围墙
曾经凌乱的秸秆，整齐堆放在改建的柴房里
广场上没有一片麦草

孩子们嬉闹，追赶
想起儿时为了打陀螺，苦苦寻觅到的
那块水泥地面
已经湮没在时光里
麻雀在银杏树上起起落落
繁茂的枝叶，胜过了当年的白杨树

越来越干净的喜欢

接送欣儿时，有人正挥动扫帚
——尽管路上只是些浮尘
母亲夸赞——
街道和家里一样干净

我告诉母亲，还有更多的村庄、道路、广场
也是这样干净
见不到饮料瓶、纸屑、塑料袋

母亲并不明白报纸和电视上常说的环境革命
但一群又一群人坚持不懈的努力
让母亲，和更多的人
深深喜欢上，这几年越来越干净的家园

晴　天

今日入伏。天气却凉了很多
仿佛前些天的酷热，耗尽了夏天的心血
而持续传来的消息，让温度变得不再重要

健康码，口罩，核酸检测
再次成为生活的焦点
我们清晰地感受着这个七月的焦虑

但总有一些人
用他们的光照亮忐忑的屋檐
让每一个奉献的细节变得无比饱满

白昼和黑夜，不再纠结于
去而复返的风雨
时间慷慨写下，即将到来的晴天

阳　光

风呼啸着，穿过天地之间茫茫的白
这是高原的七月
雪来得很突然
比雪更突然的是奥密克戎

大雪掩去庄稼，青草
却掩不住身穿白色防护服的你

我不知道你的姓名
不知道雪到底有多么猛烈
也不知道你在暴风雪中坚持了多久

我知道的是，有人叫你大白
看到你无所畏惧的样子
我更愿意，把你唤作冲锋陷阵的战士
仿佛再大的雪也不过是天空落下的云朵
而你，正在为我们带来和煦的阳光

钥　匙

他和他的小摊一直在那里
——环城路靠近桥头的空地上

小城变化了很多，但我总能找到他
补鞋，或者配钥匙

风特别冷。他在阴影中低头干活
楼群遮去阳光
十几年前的缝纫机，工具盒
安静地陪在他身旁

我坐在小木凳上
有人陆陆续续走过，我们没有说话
他屏息凝神，用一把锉刀
耐心修磨已然成形的钥匙
仿佛雕琢自己的一生

细小的金属粉末缓缓飘落
像一颗颗小星星，悄然隐身于尘埃

一棵树的呼吸

杏花和雪一起飘落
昨天，它还在枝头聆听鸟鸣

一棵树要迎来春天
比我想象得还要艰难，它所经历的
不只是去而复返的风雨

在房间里写下悲伤
院中的树木，还未长出可以说话的叶子
我要静下心来
才能听得到杏树的呼吸

——就像在凌晨，轻轻地读一首诗
它和黑夜有着相同的气息

纸张与空白

桌子上，一沓白纸沉默着
每每看着它
我就想写点什么

——我怕这厚厚的空白
因为长久搁置而变得深沉

像山上的雪，终年不化
原本是想留下鸟雀的啼鸣
抑或登山者的呼啸
最后却撑起了晨曦，晚霞，长风
和高耸的凛寒

只是，我更怕自己愚钝
一边匆忙填补空白
一边又困惑于空白之外的苍凉

仿佛会有更多的雪
在我还没有学会表达之前
就又落满了白纸

俯　视

年少时，从二层木楼上俯视
未曾有沉重的感慨
一直以为，匆忙的车马会离我很远

后来，在更高的大楼上
就不敢站得太久。我羞愧于居高临下的虚幻

我只是人流中微不足道的
一滴水。与这个尘世最亲近的距离
就是——

它允许我
拥有大海的胸怀。也包容了我
小溪般平淡而曲折的奔波

对一粒米的构想

我不曾种植过一株稻子
这是多么忧伤的事

我只能更加深爱高原上的青稞
虽然经历了不同的风雨
无论青稞，还是稻子
我都想，把它们的果实捧在手心里

对于遇见的每一粒米
我从未放弃过想象
仿佛在播下第一颗青稞时
我就在构想，它在云朵下的成长

而金色的麦芒，仿佛让我
走进了陌生的稻田
——这是我与一株稻子最近的距离

尽管，我与它还隔着
无法触及的遥远

给石头浇水

将水珠滴落在石头上
它渐渐泛起湿润的气息
像一个人干涩的脸庞
慢慢被泪水浸湿

之后，它依旧一脸平静
仿佛那些眼泪掉在了地上
或者又流到了心里

尝试让一块石头留住悲伤
和焐热一块石头
结果大抵都是，石头还是石头
悲伤却找不到回去的路

秋天的云

天空因为草木的枯败
放低身子
我更容易在眺望群山时
看到云朵的模样

它们像草原上从未走散的牛羊
早出晚归

而某个午后，火烧云
映红了半边天空

我想起很久以前的秋天
秸秆燃烧的光
也是这样，照亮了母亲
在灶台前忙碌的身影

落叶又落

·

身穿落叶的人满眼都是枯黄

叶子何时黄了
何时落了
何时堆在了秋天的胸口上
她都了如指掌

她从未感慨叶子的一生
仿佛她一直明了
落叶和自己相遇的那刻

一个注定会尘埃落地
一个要继续在世间漂泊

不是每一片叶子都能落叶归根
有些叶子注定要走很久的路
要辗转飘零到和泥土一样黝黑的时候
才能回到泥土中去

深秋的九月菊

母亲说，九月菊会开到雪飘来的时候

于是，当我一直看到
灯盏花凋落
枯叶铺满了空旷的土地时
并未担心小院会有多么萧败
尽管我已经满怀秋风

一场意外中的冰雹
带走了九月菊，和母亲最喜欢的大丽花
父亲一言不发
将院中打扫得干干净净

雪早就来过。它并没有逼退秋天
却落在了炉火上
我们把大丽花的根深藏在土窖中
闭口不提看不见身影的九月菊

尘　烟

他和羊群，每天往来于
家和草山之间
仿佛在反复测量清晨与黄昏的距离

与此对应的是
种子从春天走到了秋天
一些羊翻越了生命的山梁
而另一些羊初次触碰青草的气息

只有他，依旧像过往那样
吆喝着自己的羊群，穿过巷子
沿着小路走向岁月远处

没有人看到
他身上抖落的尘埃
已经开始淹没年老的足迹

雾

在群山之间奔波
我知道自己在哪里，也知道要去哪里

但我走得很慢
我在等阳光化开这巨大的白

云朵和浓雾彼此道别时
我以更慢的速度打量四周的草木

它们走出了雾
走不出即将到来的大雪

在山上活着，终究要与寒冷相伴
一盏灯的温暖
到不了冰雪覆盖的山顶

鲸　落

移动的大山。灵活如一尾小鱼
把巨浪倾洒在阳光中

像打湿的云朵
等一场风
晾晒自己蓝色的孤单

当它老了，慢慢沉向海底
在长达几十年甚至上百年的时间里
众多微小的生命
欢聚在骨骼的宫殿中

而我只看见——
一座山峦，如一枚落叶化为泥土般
渐渐融入大海的身躯

绿皮火车

二十八年前，我站在父亲的马车旁
看到头顶的星光
和车站的灯火一样昏暗

而我乘坐的野马客车，相比父亲的铁青马
似乎也快不了多少
从县城到省城，走了整整一个白天
事实上，它是我见过的最快的车

直到，我在墨绿的火车上
目光捕捉到一闪而过的青草，我才发觉
有种速度，是兔子奔向草丛的敏捷

但它们都没有跑赢时光
黯然退场。当我在纸上开始写下这首诗
一匹嘶鸣的快马追赶绿皮火车

这些年，我一直在奔跑
却离星光照耀的村庄越来越远

自画像

我想骑着铁青马
放牧一群牛羊

这里的草原足够广袤
云朵落下的地方，还有群山可以翻越

但我只能独坐在草地上
听云雀在风中啼鸣

这孤独的声音，终究也转身而去
在暮色里，我返回人间。灯火已阑珊

蘸着静寂写下繁密的句子，试图留住春天
而镜中的自己，胡茬是一场新雪

雪　后

一条条小路分开积雪
从门前出发，穿过巷子
通向外面的柏油路

柏油路上的雪，被过往的车辆
辗出两道深深的印记

——都有迹可循。每一条清晰可辨的路
连接起院子和尘世的通道

而旷野上的足迹，像一个离群索居的人
正在越走越远

在我看不到的地方，肯定还有大片的雪
保持完整。我也想
在心里挪出一块地方，默默承受雪的重量

语　止

整个冬天，未落下一场大雪
我没有勇气走向田野

巨大的空旷，和辽远的萧瑟
加上缄默的河流
时间愈加模糊。而寒意愈来愈清晰

即使眺望，群山依旧风骨凛然
云朵去了他乡
随之而去的是雪，还有一些未说完的话

没有地上耀眼的光，也就看不到自己的孤单
黑色刚好可以遮掩白昼的表情

聆听寂静

那个放烟花的人回去了
他并不知道，因为那些烟花
一个仰望夜空的人，得到了更深沉的
寂静。像一棵树
枝叶上的雪消融之后更显萧瑟

我无法拒绝黑夜的到来
无论是否下雪，是否有绚丽的烟花
或者淡淡的月色

声音显得无比可贵。但万物都是
沉默寡言的隐者
我只能聆听一膛跳动的烬火

它落下的灰，是覆盖在寂静上的另一场雪
有着滚烫的往事和冷漠的表情

雪　晴

雪落得很快
时间却走得很慢

穿过黑夜的风，卷起积雪
一路翻滚
仿佛晨曦里醒来的潮水
涌向遥远的彼岸

而我熟悉的河流，在寒冰下沉默
它和我一样，习惯了把自己藏在风雪中
内心却期盼炙热的阳光

只是，大雪湮没了所有的沟壑和道路
来去皆无痕迹
柔软而巨大的空旷，是一个人
一生都要背负的苍凉

零散的雪花

我还是希望，雪大一点，再大一点
就像初春的草，一天比一天长

这浩荡的洁白和绵密的绿
会让山野趋于柔软
仿佛这人间，本没有坚硬的沟壑

但今年的雪像一个人的倾诉
总是欲言又止

后来，雪都落在了山上
我愈加难过，那里有我的亲人
即使有一点点雪
也是我无法拭去的寒冷

我想去探望他们
看一看，那些遥远的雪
能不能早点融化

节日见闻

天亮了，有棵树上的彩灯
还在枝头闪烁

一个老人经过那里
看了很久

他是没有见过节日绚丽的灯光
还是心疼
一串独自发光的灯

行人和车辆寥寥无几
接下来他要去哪里
空旷多么容易让一个人失去方向啊

在风雪中播下朴素的种子

成千上万的人，不分男女老少
带着对来年的憧憬
从四乡八寨赶到灯火通明的旧城

这座高原上的小城，经过六百多年光阴的洗礼
将南方的烟雨，北方的大雪
融入筋骨和血肉

吆喝声中游动的麻绳
如湍急的洮河，奔走于古老的洮州
嘶哑的嗓音，尖锐的哨声
把元宵节的夜晚，推向江淮或者草原深处
它们，一个是曾经的故乡
一个是今日的家园

精壮的汉子，能划桨行舟
也能驾驭骏马。白发的老人，给孩童讲诉
纻丝巷、卫城、花儿和麻娘娘
身着西水湖色衣衫的女子，将牛羊赶回了畜厩

现在，他们把一腔乡愁

安放在绳索之上。以西门为界，三局两胜

倾力相执于风调雨顺的祝福

为朴素的种子寻找到最好的土地

想

万籁俱寂时
耳朵像洮河岸边的珍珠梅
能听见春的脚步
比昨日又轻盈了多少

但河水还在结冰
和珍珠梅一样洁白的雪
迟迟未至
寂静如持久的耳鸣，嗡嗡作响

我不得不，让自己从敏感中脱身
以躲避声音上的荆棘
却又沉陷于无边的想象
好比鸽子舍弃哨音后开始迷路

这样的我，要经过很久
才能找回屋檐
而绝大部分人已经沉入梦乡
失眠者拥有了整个夜晚

烟　花

不是所有的烟花都属于夜晚
有些烟花选择了白昼
仿佛有意让阳光、云朵和清风
遮去绚丽的色彩

我仰望了许久
想看清楚它们的模样。直到
碎屑飘落在地上
我仍旧未能记住其中一朵

它们原本可以展露璀璨夺目的骄傲
却不愿假借黑夜的辽远呈现光芒
决然独自涌向蓝天
在悬空中完成最后的冲刺

宛若临河而立的花朵
不取悦于别人，不陷落于喧闹
拼尽全力，只为不辜负命运的嘱托——
孤勇的人生要在沉寂中大起大落

寻梅不见

这里只有雪

我见过
一个人在雪地越来越远
也看过
枯草在风中摇摆

这些，都有着
让人想要流泪的落寞
和背影

此刻，吟诵起关于梅花的诗句
忽然特别怀念
昨夜的大雪。它们是
我可以捧在掌心里的花朵

街 灯

若不是漫天的雪花
我依旧会迈出往常的脚步，平静而近乎迟钝地
走过拐角处的街灯
尽管它是我每天都要经过的一个静物
但我很少停下来去看它

这一路，太多安静的事物
悄然出现，又悄然退场
它们习惯了在喧嚣中保持缄默。仿佛没有什么
比沉默更能适应昼夜的反复更替

然而，当大雪遮掩所有的声音
夜空像人心一样深不可测
街灯却比平日照亮了更多的空间
和更远的路

无数的雪粒，被灯光仔细雕琢
尘世里奔波的身影，在某个静止的刹那
遇见了属于自己的光

逆　光

见到长势良好的青稞
他坐在田埂上
让我拍照

阳光从身后扑过来
我看不清他的脸
却一下子记住了他的表情

一个侍弄了一辈子庄稼的老人
为显而易见的丰收
露出谷粒般饱满的笑容

而我，羞愧于自己
像流浪的麦穗，在虚幻的光线中
渐渐远离了土地

静置不动的杯子

一只沉默的杯子
它的孤独，胜过桌子的空旷吗？
就像一只落单的沙燕
它的身影，可以掩饰天空的辽远吗？

我这样想了想
在桌子上又放了些东西
往杯子盛满了水
让它看上去像是身处热闹之中

但我没有办法
让自己在抬头的时候
忽略苍穹的寥廓

寂静是海

夕阳滑落
像巨石激起蛰伏的漆黑
河水并不能停止奔波
只能在凌晨时靠着树木假寐

我也习惯了在这个时候
和村庄一起，交出体内的聒噪
以及身不由己的奔波
让自己成为一叶缄默的小舟

但停留于中年的码头，离别越来越多
往往到了最寂静的时刻
有人会哽咽着说起
一些亲友突然离开的消息

当时刻要提防突如其来的悲伤时
我从黄昏就开始紧张
晚霞背后，有一片
随时可能掀起惊涛骇浪的夜色

黎　明

第一次去兰州
我十五岁。黎明的车站
灯光有些昏暗，星星还在天空
我看不清父母的脸

接下来的四年
这样的情景出现了十来次
时间像固执的孩子
在画板上反复描绘同样的时刻

长大后
我很少在模糊的天色中送别亲友
我们都很幸运
可以选择在清晰的白昼告别

但我时常会想起
二十几年前的黎明，一个孩子
正透过车窗
想努力看清父母眼中的泪光

棍　子

临出门时
我看见了角落里的一根棍子
它有些弯曲，并不适合做农具的木把
它应该在那里站立很久了
但一直没有被人带走

它的同伴，已经无数次地亲近过泥土
而它，还是一根没有归宿的木头

每每路过那家店铺
再看到那根孤独的棍子
我不由猜想，那个带它来到这个世上的人
从一开始就知道它的命运吗？

——有来处，无去处

第四辑　表针指向春天的凌晨

谁能解释时间的快与慢

落在手上的雨，内心也有火焰

般的温度

风

习惯了三月的大风
把尘土、枯叶和生活的苦涩
扬到半空中
似乎要经历一番漂泊
春天才会落到人间

万物蓬勃
每朵花迎着阳光盛开
与时光握手言和的，不只是风
现在，我波澜不惊
仿佛这些年里
从未有大风紧紧掠过心头

毛毛虫

第一次看到毛毛虫
孩子有些害怕
我告诉她
毛毛虫会变成蝴蝶

从那以后
孩子把所有毛茸茸的东西
都看作是蝴蝶的前身
即使是一根毛线
她都温柔以待
渴望从中飞出一只美丽的蝴蝶

遥不可及

有人说，你老了
你睡着后，我仔细看过
确定你真的老了
不再是那个年轻得像我兄长一样的人

但我以为，这中间会有一大段时间
漫长到足以让我放下戒备
不会察觉光阴已悄然换去你的黑发

曾经以为的遥不可及，瞬间成真
我再也不敢掉以轻心
在岁月面前，我们都不敢说起苍老

落

父亲理发时
白发落在他的肩上
他的周围

那么多的雪
白得让我放不下
一颗悬起的心

影　子

在遇见光之前
万物都是落寞的
但即使是一粒浮尘
因为光的映照
便不再孤单

尘世荒凉
若无人陪伴
就独自生活在光亮中吧
所有的影子
都是另一个自己

叶子上挂着的水滴

我不再是你双手托起的婴儿
我和你最近的距离是
跟在身后，看着你蹒跚而行

我没有仔细看过你的手
连鬓角的白发，也不敢面对
仿佛你的老去是我的过错

时常觉得，我是挂在叶子上的一滴水
风一吹，就会落下来
落在悲凉里，却那么渴望你的双手

阳光像走散的爱人

我想说的，不是昨夜失约的雪
和未曾落下一字的困扰
中午突然出现的阳光，像走散多日的爱人
云朵渐渐退去阴沉
风铺开久违的蓝

且不管这是深秋还是初冬
看一看还青绿的叶子
和怒放的大丽花
再次走过空旷的田野，发现
那些淡紫的野菊花开了很久

独自苍凉

无数次路过叶子
无数次写到它们的一生
秋天的金黄，无论麦穗还是叶子
都意味着悄无声息的告别
麦穗离开大地，而大地接纳落叶

不知道要和谁说声珍重
曾经我也枝繁叶茂，充满力量
来过的，爱过的，都各自走散
如今的我，像一棵最早落光了叶子的树
独自苍凉，却有着森林般的辽阔

病　句

还好，错了的句子可以改
倘若所有的错，都有改正的机会
我又何必绝望于渐深的岁月

其实，更多的事并不是只分对错
想笑的时候故作悲伤
想哭的时候强颜欢笑

我是人间一根弱不禁风的草
卑微而孤单。但没有一场风雨
能让我低到尘埃里去

雪还在下

我想仔细看清一朵雪花的模样
它却在掌心迅速融化
我只能选择远远地看着它落下来

这么厚的雪，一定下了很久

比冬天更冷的感觉
莫过于一个人守着跳动的炉火

窗外还在下雪，今夜的炉膛
会落下多少苍白的灰烬

独木桥

桥不需太大
一根木头的桥也能过人

这样的桥，往往搭在偏远的溪流上
这样的溪流，往往分外清澈

现在我们把独木桥当作一个比喻词
它连接着的两座山，已经没有那么幽静
很多的人来了，开着车
从宽阔的水泥大桥上飞驰而过

我　们

海边的风，凉了吧
这里已经落了几场大雪

你说，我们之间的遥远
不是群山到大海
也不是我在雪地里独行
你在沙滩上眺望远方

我说，把那些悲伤都给我吧
这里的黑夜，要更长一点
这样的我们，也能更近一点

代　词

很多年后
我爱过的那个人
成了一个代词
——她

但我曾经用无数的形容词和名词
描述过她
描述过她给予我的欢笑
和痛苦

小　城

迎面而来的那个人
向我微笑，点头

可能他认识我
抑或，他曾经见过我

我不贪心
这小小的温暖
是我深爱着这座小城的理由

早餐店

我问他生意好不好
他说，还好吧
就是每天要早起

这世上，除了母亲
还有人
比我们起得更早

爱和生活
都一样
让人身不由己

白月光

若没有月光
我能否看见深夜的辽远

其实，这小小的院子
当月光落下来
竟然是那么地空寂

还是愿意下点雪
不要太厚
像月色那样薄就好了

我刚好能看见黑夜的模样
却不至于满怀悲伤

从前慢

二十年前，没有手机
我只能写厚厚的信
告诉你，我有多么想你

二十年前，信走得很慢
一个星期
你才能收到我的思念

二十年后，我拿着手机
再也找不到一个人
分担我的孤独

庚子年记

这一年，有人冲在最危险的地方
却对我们说，不要出门

这一年，我爱上了蓝色和白色
就像爱上了天空和云朵

这一年，我羞愧于自己粗浅的文字
未能写好人间的大爱

这一年，有人离开了
我们还好好活着，像他们希望的一样

烫

面煮好后，母亲赤手
将锅挪到一边，欣儿很是诧异
——奶奶不害怕烫吗？

我不知道，要怎么告诉她
一个母亲为了儿女
会练就多少不可思议的本领

母爱，会让一个女人
变得无比坚强
不再惧怕火焰般的生活

过 河

就在他准备过河时
父亲拦住他，小心翼翼走过去
再示意他过来

那一刻，他羞愧于自己
又走在后面，没有抢先一步
迈过冰封的河

梅花笺

我在一场又一场大雪中想起草原
那里有我熟悉的牛羊，牧人
和凛冽的寒风

当有人说梅花开了
我想象着那些碎小的花瓣落下来
像深夜里的诗，慢慢说出时光的隐痛

大地静默，怕自己的辽阔
仍不足以安放众多的洁白，以至于
分不清先落地的是雪花还是梅花

与一朵花对视

趴在地上，看见一朵小花
像落在草地上的一颗小星星
欣儿手指着不远处
还有更多和它一样的小花
和青草一样低矮，一样数不胜数

这一刻，我觉得
我理解的卑微过于浮浅
小花即使被践踏，被忽视，依旧努力开放
而我必须要俯下身子，静下心来
才能对得起它们不声张，不喧嚣的骄傲

水

欣儿跟着我，小手指着"水"字
一次又一次轻声读出来
我无法给她解释
水的隐忍、温柔、磅礴和无法抵挡
在简单的生字面前，我陷于沉默

当欣儿蘸着茶水
写下一个歪歪斜斜的"水"字
桌子上顿时有了灵动的气息
仿佛有一条河，渐渐宽阔了起来

梦

又梦见你了
但我要怎么告诉你

我们之间，已相距遥远
没有一句话，能轻易到达你的心上

桃花开了，终究落了一地
它们也无法把自己交给春天

亲爱的你，是否感觉
从我们分开之后，风始终有些冷

旧怀表

抽屉里的那只怀表有多久了
我说不上
但我知道，它一定属于一个比我年长很多的人
它曾经紧紧地贴在他的胸口
丈量每一寸光阴

现在，没有人用到它了
它和他一起拥有过的时光，也被遗忘了
而时间从未停下来
它的每一次跳动，依旧充满力量
像记忆的鼓点，敲打着无人得知的过往

雪　人

今年的雪还是那么大
就像一个人在冬天想念另一个人
天气越冷，想得越深

曾经为你堆过的雪人
早已消失在这个拥挤的尘世
而关于你的消息，也很少有人说起

这么多年，我一直没有勇气
再去堆一个戴着漂亮帽子的雪人
它在人群中的样子，比我还要孤单

芦　花

那天，我们去江边
午后的阳光照过来
你就像站在一幅画中
那一刻，我说不上
让我惊慌的
是芦花，还是你的白发

原谅我，这么多年
没有认真看过
江边的芦花
和你满头的白发

方　言

二十年前，她嫁到外乡
现在，她在两种方言间切换乡愁

但再也不能说出，一口地道的家乡话
和婆家人听上去毫不别扭的本地话

她渐渐觉得，每个格格不入的生词
都像是一种暗示——

无论故乡还是他乡
对于自己，都是异乡

自　嘲

我是个一事无成的人
他说出这句话时
大家都笑了

虽然母亲没听明白
还是看出了他的窘迫
悄悄告诉他，以后不要说这样的话

他因自嘲而得到的轻松
在母亲的叮嘱中
掉落了一地

背　影

多少次，要走出那条长长的巷子时
我尽量让自己走得很快
我知道，你正站在门口注视

我走得越远，你腰弯得越厉害
直到巷子口的砖墙，生生地阻断你的目光

当我站在同样的地方，看着你走远时
我时常担心，你的背影
在风中趔趄成一片秋叶的模样

新　年

上街，买日历
看了又看
终于选了一本自己喜欢的

这是我，给即将到来的新年
要说的——喜欢你
一切就可以重新开始

像这一本崭新的日历
从第一页
就是我，想要看到的样子

解 锁

有人说，你眉间深锁着

我无能为力的忧伤

我还是想，用真诚的心

铸一把时间的钥匙

笨拙地去尝试，慢慢打开你紧闭的锁

哪怕这需要耗尽，我仅有的余生

但这，也是我

从见到你的那一刻

就愿意双手捧给你的全部

纸上的时间

你离开后，我未落一字
空白的纸张，如接连而至的雪

雪下了多少个夜晚，我就想了你多少天
愧疚的是，我没能写下
牵痛胸口的思念

我能做的
只有一次又一次清扫小院
让雪光来不及
映照出
我无处着落的孤单

深 夜

还不是夜最深的时候
却安静到只有耳边嗡嗡的声响
不是风，不是鸟虫
也不是突如其来的耳鸣

孤独久了
就会把一种轻微的声音，从心里放出来
却像是在旷野里当空长啸

让你不知道，这刺穿空气的尖锐
是声音本身的力量
还是源于万物的沉默和忍让

沉默和安静

总会有那么一刻
你不再犹豫，像海浪一样涌向我
让我忘记，窗外的樱桃树
还需要三个月的时间才会开花

这之前，风依旧可以吹冷炉火
我随时会陷入沉默
——这和你的安静，有着不同的脉搏

像你写下花朵的微笑
我却看到雪光的落寞
而时间的表针，正指向春天的凌晨

窗 花

她坐在屋檐下的木凳上，用一把小巧的剪刀
开出一朵朵牡丹

孩子在身旁玩耍
清亮的笑声，慢慢融化她心中的雪
——新的一年就要到来了

午后，阳光从枝叶上跳下来
落在刚刚贴好的窗花上
就像她许下的心愿，会在春天得以成全

荡　漾

海面上落下黑夜与白昼
它们彼此依靠又截然分明

时间舍弃庞杂、喧嚣和斑斓
以海水无垠的起伏，诠释过去和未来

而现在，光在柔软的线条上荡漾
静默的沙砾铺满我的胸膛

——我听见身体里的悲伤和喜悦
相互啮合
月色下的海浪彼此拍打
涌向黑夜的深处

木　桌

炕中间是木桌
我们围在它的四周，吃饭，说话

它离开自己的母亲
却像母亲一样把我们聚拢在一起

很多年后，它开裂，松动
而母亲也已白发苍苍

她时常靠在木桌上
阳光照进来，铺满空旷的炕

手心里的土豆

在所有春耕的种子里
土豆是幸运的——
每一颗土豆，被母亲认真擦拭，端详，挑选
然后由父亲安置在松软的农田里

十月，土豆是最后收获的果实
父母小心翼翼翻找出它们，拭去泥土
它们从手心里离开
又在手心里归来

和父母一起耕作的我，时时觉得
自己也是一颗土豆，从未离开过父母的双手

等 雨

四月，我们种下花草
屈指可数的雨，带着雪打落杏花

种子还没有长出翅膀。

傍晚，父亲将自来水倾洒开来
直到一场雨到来
他和云霞一起退到夜色中

——这是我看过了多年的春天

在花草未发芽之前
父亲把缓缓散去的云霞留在院子里
等真正的雨淋湿自己

雨停在手上

眼泪是多余的
雨水替一个人说出了悲伤

你不知道，昨夜的雨有多么绵长
直到天亮，它的倾诉依旧荡气回肠

云朵在风中相遇，又匆匆分开
我们说起的红果子，还没来得及开花

谁能解释时间的快与慢
落在手上的雨，内心也有火焰般的温度

纽 扣

母亲收集了各式各样、大小不一的纽扣
在很长一段时间里
它们接连弥补我丢失纽扣的遗憾

我说不上它们的来处
母亲却能一一认出它们
像她熟悉花草的名字和秉性

如今，它们静静倚靠在玻璃瓶中
被母亲一次次捧在手心里
反复凝望。她的目光
湖水一样澄澈

霜　飔

青草已憔悴
但这只是初秋

去年八月
叶子还未枯黄，天气已凉了许多

雨来过，但并没有守信于
一场秋雨一场寒

忽然想起，霜飔这个生僻的词语
就像第一次认识秋风

——云朵灼热时，它将悲凉的自己
隐藏于疾走的金黄

一沙之缘

风刮得很紧
眼睛里吹进了一粒沙

我不急，不躁
低下头，让泪水带走它

无论大小，形状
坚硬的石头只会迁就于柔软

就像一粒沙，在一滴泪中
找到回去的路

缤纷的世界

孩子的画——

太阳是金黄的
云朵是洁白的

这和我见到的一样
不一样的是

蜗牛是粉色的
蚂蚁是紫色的

这样的世界
比我认识的还要好看

松 针

有的叶子，把自己长成刺
并不是为了刺痛试图拥抱自己的风

只是想在掉落的时候
能像一枚瘦弱的针

在世间的聒噪上
发出一点清脆的声音

回音壁

母亲离开后
她没有喊过一声妈妈

但每每听到孩子喊她"妈妈"
就像听见自己呼唤母亲的声音
在房间里轻轻回响

只是，这些呼喊总会碰壁
落回内心的一角
她，终究成了一个失去母亲的人
却以母亲的身份活着

晚风偏爱雪

不是所有的雪都落在了北方
你也曾把一场雪带回屋檐

但你可能不知道
大多数雪选择了在傍晚飘落

当夜色深下来
雪像青草疯长在山野

风的袖子里还有黄昏的余温
想起你，雪就有了炉灰一样的力量

轻而温暖。仿佛见到你的十月
寒意败给一条纱巾

陌　生

读写给你的诗
看到深情的自己
还在原地

而你早已失去了消息
只有风，熟悉我
曾经在黑夜里熬红的眼睛

现在，没有一个词
能轻易打动风的沉默
它只想把一场雪带给我

把湖泊装在心里

雪并未落完
冶海还在冰中沉睡

它是离我最近的江南
以湖的身体拥有一个海的名字

这么多年
它静默在群山之间

像一滴背井离乡的眼泪
堵在高原的胸口

梦

落花被雨反复敲打
仿佛它有着坚硬的心肠

但我知道，每一朵花
为了遇见你
用尽了一生的力气

春天来得再迟
也是一个人，反复梦到的
温暖

晚　安

尽管，梦是最好的画板
会被思念涂抹各种相见的情景

但我还是想
把晚安说在凌晨的后面

仿佛白昼和黑夜之间
还有一段被命运特意安排的时空

它允许我们，隔着天涯海角的遥远
说近在咫尺的情话

后 记

第一本诗集《黑白之间》出版后，一直心有遗憾。集子中的诗歌是我刚开始文学写作时的习作，从语言和内容上有诸多不成熟的地方，与自己的期望差距很大。

但我对诗歌的热爱有增无减。我坚持每天写诗，这样的状态，就像年少时刚刚喜欢上写东西，近乎痴狂。写得越多，心里越踏实。写诗已不再只是一个爱好，更像是自己的另一个呼吸。

人到中年，渐渐有了生命的疲惫之感。好在诗歌始终陪伴着我，二十多年了，从未离开。

这是我的幸运，让我在文字中找到活着的勇气和温暖。

每个人都有自己想要的生活。但无论怎样，人的一生，总要坚持点什么。

想想过去，想想未来，我能做到的，就是遵从自己的内心，写一些自己喜欢的诗歌。

近几年，我更加勤奋地写作，写父母和亲友，写山川和草木，写平常时光里的思考和感动。

这些，是我熟悉的，也是我无法割舍的情感。

但我知道，一个优秀的诗人，并不能仅仅局限于小我的情绪，要把自己融入滚烫的时代。

我写到了抗击疫情、乡村振兴、生态保护、人与自然等，热情赞美了山乡巨变中默默付出的人们。

我想用自己的诗歌记录真实的城乡生活，呈现农村和农民在时代发展中的脉搏和变化。扎根泥土的文字，更能贴近深沉的爱。而我，也一直在这样尝试和努力。

《黑与白》是我近年来诗歌创作的集中展示，共收录216首诗歌，部分作品已在《诗刊》《星星》《诗选刊》《飞天》《延河》《青海湖》《阳光》等刊物上发表。

诗集得以出版，中国作协定点帮扶给予了大力支持，感谢中国作协挂职临潭县的崔沁峰老师，感谢作家出版社编辑秦悦老师，感谢临潭文联的敏奇才老师。

感谢所有帮助过我的老师和朋友，感谢时光成全。

这本诗集，是一个小结，也是一个开始。

图书在版编目（CIP）数据

黑与白 / 黑小白著. -- 北京：作家出版社，2024.4
ISBN 978-7-5212-2787-1

Ⅰ. ①黑… Ⅱ. ①黑… Ⅲ. ①诗集 - 中国 - 当代 Ⅳ. ①I227

中国国家版本馆CIP数据核字（2024）第078810号

黑与白

作　　者：黑小白
执行主编：敏奇才
责任编辑：秦　悦
装帧设计：薛　怡
出版发行：作家出版社有限公司
社　　址：北京农展馆南里10号　　邮　　编：100125
电话传真：86-10-65067186（发行中心及邮购部）
　　　　　86-10-65004079（总编室）
E-mail:zuojia@zuojia.net.cn
http://www.zuojiachubanshe.com
印　　刷：三河市北燕印装有限公司
成品尺寸：152×230
字　　数：154千
印　　张：16.5
版　　次：2024年4月第1版
印　　次：2024年4月第1次印刷
ISBN　978-7-5212-2787-1
定　　价：78.00元
